N4日語

聽解實戰演練

模擬試題 8 回 +1 回題型重點攻略解析

作者• 田中綾子 / 獨立行政法人國際交流基金 /
財團法人日本國際教育支援協會

譯者• 林婉鈴
審訂• 田中綾子

寂天雲 APP

如何下載 MP3 音檔

❶ 寂天雲 APP 聆聽：掃描書上 QR Code 下載
「寂天雲－英日語學習隨身聽」APP。加入會員
後，用 APP 內建掃描器再次掃描書上 QR
Code，即可使用 APP 聆聽音檔。

❷ 官網下載音檔：請上「寂天閱讀網」
（www.icosmos.com.tw），註冊會員／登入後，
搜尋本書，進入本書頁面，點選「MP3 下載」
下載音檔，存於電腦等其他播放器聆聽使用。

國家圖書館出版品預行編目 (CIP) 資料

N4 日語聽解實戰演練 : 模擬試題 8 回 +1 回題型重點攻
略解析 (寂天雲隨身聽 APP 版) / 田中綾子 , 獨立行政
法人國際交流基金 , 財團法人日本國際教育支援協會著
; 林婉鈴 譯 . -- 初版 . -- 臺北市 : 寂天文化 , 2024.01
　　面 ;　　公分
　　ISBN 978-626-300-235-7 (16K 平裝)

　　1.CST: 日語 2.CST: 能力測驗

803.189　　　　　　　　　　　　　　112022084

N4 日語聽解實戰演練：
模擬試題 8 回 +1 回題型重點攻略解析

作　　　　者	田中綾子／獨立行政法人國際交流基金／財團法人日本國際教育支援協會
試題解析作者	許夏佩／游凱翔
譯　　　　者	林婉鈴
審　　　　訂	田中綾子
編　　　　輯	黃月良
校　　　　對	洪玉樹
內 文 排 版	謝青秀
製 程 管 理	洪巧玲
發　行　人	黃朝萍
出　版　者	寂天文化事業股份有限公司
電　　　　話	(02) 2365-9739
傳　　　　真	(02) 2365-9835
網　　　　址	www.icosmos.com.tw
讀 者 服 務	onlineservice@icosmos.com.tw

＊ 本書原書名為《 速攻日檢 N4 聽解：考題解析＋模擬試題 》

Copyright 2024 by Cosmos Culture Ltd.

出 版 日 期　2024 年 01 月　初版一刷（寂天雲隨身聽 APP 版）

郵 撥 帳 號　1998-6200　寂天文化事業股份有限公司

・ 訂書金額未滿 1000 元，請外加運費 100 元。

〔若有破損，請寄回更換，謝謝。〕

目　錄

前　言

　　日檢的聽解測試目標著重在於測試應試者「進行某情境的溝通能力」，N4 聽解考題分「課題理解」、「要點理解」、「發話表現」及「即時應答」四大題，總題數約 28 題，考試時間 35 分鐘，總分 60 分。也就是說，是否能掌握聽解分數，成為是否能通過新日檢的重要關鍵。

　　本書針對新日檢考試變化，量身設計了二大部分，讓考生能在短時間內有效率地做好聽解準備。

【Part 1】題型重點攻略＆詳細試題解析（一回）

▶ **題型重點攻略**：以「**試題型式**」、「**題型特色**」及「**解題技巧**」三個角度，徹底分析 N4 聽解項目「**課題理解**」、「**要點理解**」、「**發話表現**」及「**即時應答**」。讀者可以藉此了解考題型態、應考注意事項等等。

▶ **詳細試題解析（一回）**：一回合的試題解析中包含詳細的用語、文法、字彙說明，以及題意解析、中文翻譯。試題解析有助於考生精確掌握命題方向並迅速抓到考題重點、關鍵字句，藉此找到有系統的出題規律。

【Part 2】聽解考題的模擬試題

▶ **多回模擬題**：分別收錄「**課題理解**」8 回、「**重點理解**」12 回、「**發話表現**」8 回、「**即時應答**」8 回。反覆練習模擬試題，能提升臨場應試能力，降低出錯率，達到在有限的時間內，獲取最高的成效！

▶ **分析考古題，精編模擬試題**：分析參考聽解考古題撰寫成本書的模擬試題內容。利用考古題為導引，掌握 N4 聽解的重點情境、試題用語、出題頻繁的重點。

聽解項目型態說明

以下具體地說明 N4 的聽解項目。

N4 聽解問題大致分為兩大類形態：

第一種形態：「是否能理解內容」的題目。

N4 聽解中的「問題 1」、「問題 2」屬於此形態。

▶「問題 1」的「課題理解」：

應考者必須聽取某情境的會話或說明文，然後再**判斷接下來要採取的行動，或是理解其重點**，繼而從答案選項中選出答案。例如「店で買ってくるものは何か」、「明日学校に何を持っていかなければいけないか」等等，應考者須根據考題資訊做出判斷。

▶「問題 2」的「要點理解」：

聽者必須縮小情報資訊範圍，聽取前後連貫的日文後**判斷出原因理由、前後順序**等等內容。例如「どうして引っ越しをするのか」、「欠席した理由」等等。這項考題需要能聽取必要資訊的技巧。

第二種形態：是「是否能即時反應」的題目。

N4 聽解中的「問題 3」、「問題 4」屬於此形態。第二類的考題測試的是「是否具有實際溝通的必要聽解能力」，所以考題是設定在接近現實的情境，可說是最具新日檢特徵的考題。

▶「問題 3」的「發話表現」：

測試應考者是否能**立即判斷在某場合或狀況下，要說什麼適合的發話**。應考者必須根據插畫及聲音說明文，選擇適合該情境的說法。例如「靴を買う前にはいてみたいです。店の人に何と言うか」、「本を借りるときの言い方」，從 3 個選項中選出正確答案。

▶問題 4 的「即時應答」：

測試應試者是否能**判斷要如何回應對方的發話**。例如，如果對方善意地問道「何か買ってきましょうか」，這要怎麼回答；或是對方問道「今、時間、ありますか」時，是否能判斷問話者的言外之意等等。

（「今、時間、ありますか」表示說話者，還有別的話要說，希望對方聆聽。）

合格攻略密技

常有人問道，日檢的聽解要怎麼準備？

大家都知道，要參加考試的話，最基本的當然是具備符合該程度的字彙量以及文法知識。但是針對日檢聽解項目，具體來說應該怎麼做準備呢？

基本語感訓練：聽力的項目尤其需要語感的培養，所以長期來說自行找自己興趣的角度切入學習日文是最佳方法。無論是網路上隨手可得的線上新聞、YouTube 影片，或是動漫、日文歌曲，還有教科書裡附的聽力練習等等，都可以達到不錯的效果。重點在於接觸的頻率要高，常常聽才能培養出自然天成的日文耳。

熟悉題型：如果你時間有限，那麼反覆做模擬題是迅速累積實力的捷徑。各題型的重點相距甚遠，因此請務必一一練習。藉由大量的模擬題練習可以熟悉題型，同時縮短應試時需要反應時間。

其中最大的效果是可以快速地強迫文法、字彙、聽力三者合而為一，讓原本看得懂但是傳入耳中陌生的字彙，以及使用不順的文法，在不斷的練習中順利融會貫通，效果就會反應在成績上。

重度聽力訓練：最重度的訓練，要反覆聆聽音檔，直到聆聽當下，可以馬上反應出其意思為止。訓練要依下面的步驟進行：

Step1　不看文字直接聆聽，找出無法聽懂的地方。

Step2　閱讀聽力的「スクリプト」文字內容，尤其加強 Step1 聽不懂的地方。

Step3　再次聆聽音檔——這步驟中不可以看文字。**直到你能夠完全聽清楚每字每句。**

Step4 作答完本書中的試題後若仍有餘力，**請熟讀聽力原文**。使耳朵、眼睛得到的訊息合而為一的效果，學習過程中將能有效提升語彙、表達、和聽力方面的能力。

筆記密技：請養成專屬於自己的筆記密技，訓練自己熟練筆記技巧，才有辦法在緊湊的考試時間內，迅速記下重點。同時利用手腦並用的方式，提升自己考試時的注意力。有時候考試的各種干擾，會打散注意力，這時筆記的技巧就可以強迫自己專心，拉回思緒。

　　無論是長時間準備，或是短時間的衝刺，上述的應試密技一定能助大家順利高分通過考試！

N4 Part 1

題型重點攻略

試題型式

問題紙

> 大題當頁印有「問題1」的說明文，以及「例」讓考生練習。

もんだい1

もんだい1では、まず しつもんを 聞いて ください。それから 話を 聞いて、もんだいようしの 1から4の 中から、いちばん いい ものを 一つ えらんで ください。

れい

1 ぎゅうにゅう 1本だけ

2 ぎゅうにゅう 1本と チーズ

3 ぎゅうにゅう 2本だけ

4 ぎゅうにゅう 2本と チーズ

> 試題紙上列出4個答案選項。從4個選項中，選擇最適當的答案。

1ばん

1 12時

2 12時5分

3 12時30分

4 14時30分

> 試題紙上的選項，以圖示、文字等形式出題。

音檔

❶ 考試中，首先會播放「問題1」的說明文，以及「例」讓考生練習。

> もんだい1
>
> もんだい1では まず しつもんを 聞いて ください。それから 話を 聞いて、もんだいようしの 1から4の 中から、いちばん いい ものを 一つ えらんで ください。

❷ **正文考題：**
提問→會話短文→提問（約10秒的作答時間）。即題目會在對話內容開始前，和對話結束後各唸一次提問，**總共會唸兩次**。兩次提問之間，是一段完整的會話短文。

❸ 在問題結束後，會有約10秒的作答時間。

題型特色

❶ 「**問題 1**」佔聽解考題中的 8 題。

❷ 試題紙上有印選項，選項是圖示或文字。

❸ 大部分是**雙人的日常對話**。

❹ 出題內容裡，如果題目選項是圖示的話，可能是**考交通手段、日期時間、物品的差異或位置**等等。如果題目選項是文字的話，可能是**考會話主角的下一步行動或是相關時間**等等。

解題技巧

❶ 「**問題 1**」在試題紙上會提示 4 個選項，所以務必在聽力播出前**略看一下選項，掌握考題方向**。這個動作對理解會話內容有極大幫助。。

❷ **請仔細聆聽題目**。本大題中有 2 次問題提問，如果漏聽了第一次，會話結束後，會再播送一次問題提問，所以務必掌握最後一次機會。因為就算能聽懂對話內容，沒聽懂考題要問哪個重點，也無法找出答案。

❸ 請一邊聆聽對話，一邊看試題紙作答。聽對話內容時，隨時**逐一排除不可能的選項**。

❹ 作答的當下請立刻畫卡，因為之後並沒有多餘的時間讓你補畫。

❺ 如果無法選出答案，請確認整篇對話中重複聽到最多次的單字，並直接選擇此單字所在的選項，如此一來便可以降低答錯的機率。

試題解析

れい 🎧 003

1 ぎゅうにゅう　1本<ruby>本<rt>ぽん</rt></ruby>だけ

2 ぎゅうにゅう　1本<ruby>本<rt>ぽん</rt></ruby>と　チーズ

3 ぎゅうにゅう　2本<ruby>本<rt>ほん</rt></ruby>だけ

4 ぎゅうにゅう　2本<ruby>本<rt>ほん</rt></ruby>と　チーズ

スクリプト

男の人が女の人に電話をしています。男の人は何を買って帰りますか。

M：これから帰るけど、何か買って帰ろうか。

F：あ、ありがとう。えっとね。牛乳。それから。

M：ちょっと待って、牛乳は1本でいいの？

F：えっと、2本お願い。それから、チーズ。

M：あれ、チーズはまだたくさんあったよね。

F：ごめん。今日のお昼に全部食べたの。

M：分かった。じゃ、買って帰るね。

男の人は何を買って帰りますか。

男人打電話給女人。男人要買什麼東西回家？

男：我現在要回去了，要買什麼回去嗎？

女：啊，謝謝。嗯～，牛奶，還有…。

男：等一下，牛奶1瓶就夠嗎？

女：嗯～，2瓶。還有起司。

男：嗯？起司還有很多，對吧？

女：對不起，我今天中午吃光了。

男：我知道了，那我就買回去。

男人要買什麼東西回家？

內容分析

❶ 本題是男女兩人在電話上討論要買回家的東西。4 個選項都是食物與數量的組合。所以要特別留意提到哪些食物、多少數量。

❷ 第一個關鍵句是女士提到「えっとね、牛乳。」。

❸ 後來男士問了「牛乳は１本でいいの」，女士回答「２本お願い」所以選項 1、2 可以直接剔除。

❹ 女士同時說了「それから、チーズ。」雖然男士問了「チーズはまだたくさんあったよね」，但是女士說「お昼に全部食べたの」，所以可以確定正確的答案為 4。

文法重點

❶ 「えっとね、牛乳。それから。」這裡的「それから」表示列舉行為的順序，表示「前次行為之後，緊接著做～」。「そして」也是表示行為順序的順接接續表現，但是動作時間上，感覺比較沒有接得那麼緊。

● 私は朝６時に起きました。それから、散歩に出かけました。

（我早上 6 點起床，然後去散步。）

❷ 「～の 」，是「～のですか」的口語形式，表示說明、強調，用於和熟人說話時。「１本でいいの 」的「～で」表示數量的限定。

● 卵２個でオムレツを作ります。（用 2 個蛋做蛋包飯。）

❸ 「～よね」，表示「指針對自己的主張、意見，尋求同意」。語意比「～ね」更為強烈。

● この絵、おかしいよね。（這幅畫，怪怪的，對吧？！）

1 ばん 🎧 004

1.　やおや

2.　にくや

3.　ケーキや

4.　アイスクリームや

お母さんが子どもと話しています。子どもは、はじめにどこに行きますか。

F：ひろしちゃん、八百屋でキャベツを買ってきて。

M：うん、いいよ。

F：あ、その前に肉屋でとり肉もね。

M：うん、いいよ。行く途中、ケーキ屋でアイスクリーム買っていい？

F：それはまたね。アイスクリームはうちにあるでしょう。うちで食べなさい。

M：うん。じゃあ、行ってきます。

子どもははじめにどこに行きますか。

媽媽正在和小孩子講話。小孩子首先要去哪裡？

媽媽：小廣，你去蔬果店買個高麗菜回來。

小孩：好啊！

媽媽：去之前到肉舖買個雞肉。

小孩：嗯，好。半路上可以在蛋糕店買冰淇淋嗎？

媽媽：下次再說。家裡有冰淇淋了，你就在家吃吧！

小孩：喔！那我去買了。

小孩子首先要去哪裡？

內容分析

❶ 本題問的是「小朋友首先要去哪裡？」，句子中出現「はじめに」，可見重點在於順序，因此要特別留意內容中與時間先後相關的字詞。

❷ 首先媽媽提到「八百屋」，但又提到「その前に肉屋でとり肉もね」，出現「その前に」，可知「肉屋」排在「八百屋」之前。

❸ 但小男孩後來問媽媽「行く途中」（去的路上），是否可以去買冰淇淋，但是媽媽說：「うちにあるでしょう。うちで食べなさい。」，並沒有答應小男孩，因此仍舊維持之前的順序，「肉屋」為第一順位。正確答案是 2。

文法重點

❶ 碰到「V てくる」形態時，要注意「くる」是否具有原來動詞的性質。本會話中的「V て＋くる」句型表示「去某個場所做某個動作，再回到原來的場所」，「キャベツを買ってきて」就是「去買高麗菜回來」的意思。如果原來動詞的性質變薄弱，那麼「V てくる」就變成補助動詞的用法，表示狀態變化的過程、時空遠近的過程等等。

● ちょっとコンビニに行ってくる。（我去一下超商就回來。）

● 雪が降ってきました。（下起雪來了。）

❷ 「V ていい？」與「V てもいいですか。」的意思近似，是表「向他人徵求許可」的句型。

● もう帰っていい？（我可以回家了嗎？）

❸ 「それはまたね」裡的「またね」是「またにしましょうね」（再說吧！）的省略。

● この話はまたにしましょうね。（這件事情下次再說吧！）

❹ 「V なさい」是表示命令的句型，常用於「親→子、老師→學生之間」。

● ごはん、早く食べなさい。（快點吃飯！）

2ばん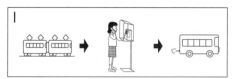

1

2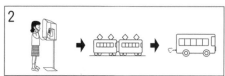

3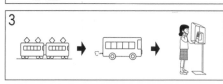

4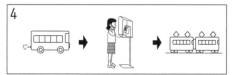

男の人と女の人が話しています。男の人は女の人にどうする
ように言いましたか。

M：じゃあ、あした 11 時ごろうちへ来てください。
F：電車を降りて、そこからバスに乗るんですね？
M：ええ。バス停まで、迎えに行きますから。
F：はい、電車に乗る前に電話しますね。
M：あ、それより、バスを降りてから電話してください。

男の人は女の人にどうするように言いましたか。

男女兩人正在交談。男人說要女士怎麼做？
男：那就請妳明天 11 點左右到我家。
女：下電車之後，再從車站搭公車對吧？
男：對。我會到公車站牌接妳。
女：好，我搭電車前會打電話給你。
男：啊，請妳下公車之後再打電話給我。

男人說要女士怎麼做？

內容分析

❶ 這一題的重點是動作的先後順序，請留意對話中與「先後」相關的表達。

❷ 第一個關鍵句是女士先跟對方確認「電車を降りて、そこからバスに乗るんですね」，可知順序是「電車→巴士」。

❸ 後來女士提到「電車に乗る前に電話しますね」，但是最後關鍵是男士說的「バスを降りてから電話してください。」所以毫無疑問的，選項３是正確的答案。

文法重點

❶ 「Ｖる・Ｖない＋ように言う」表示間接要求、指示對方做 (不做) ～。
● 娘に土曜日までに宿題を終わらせるように言いました。
（要求女兒在禮拜六之前完成功課。）

❷ 這裡的「Ｖ - てから」是表達動作的先後順序，「Ａてから Ｂ」表示Ａ動作結束後，才接著進行Ｂ動作。「Ｖ - てから」還可以表達某動作、某情況變化的起點。
● お風呂に入ってから寝ます。（洗完澡再睡覺。）
● 一人暮らしを始めてから毎日楽しいです。
（自從一個人住以來每天都很開心。）

❸ 「Ｖる前に～」表示「做某動作之前，做～」。表示時間前後關係的還有「Ｖた＋あとで」（做某動作之後，做～），以及上面提到的「Ｖてから」。
● お客さんが来る前に食事の準備をする。（客人來之前要準備餐點。）
● 本を読んだ後で寝ます。（看書後睡覺。）

❹ 「それより」是「比起那個，更重要的是～」的意思。本會話中「Ａ。それより、Ｂ～」指的是「先不要管Ａ，更重要的是Ｂ」。
● Ａ：後でカラオケに行かない？（等一下要不要去唱卡拉 OK ？）

　Ｂ：それより、ちょっと手伝ってよ。（先不要管卡拉 OK 了，來幫忙一下啦！）

3ばん 🎧006

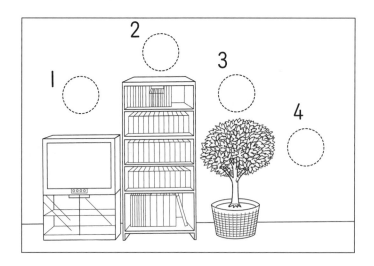

スクリプト

女の人と男の人が話しています。時計は、どこにかけますか。

M：時計はやっぱり見やすいところがいいよね。テレビの上はどう？

F：うーん、便利だけど、ゆっくりテレビが見られないわね。

M：本棚の上は？

F：ちょっと、高すぎるなあ。

M：その木の上は？

F：木が大きくなったら見えなくなるわよ。

M：まだまだ大丈夫だよ。

F：ま、そうね。じゃあ、今はあそこにしましょう。

時計は、どこにかけますか。

男女兩人正在交談。時鐘要掛在哪裡呢？

男：時鐘還是掛在顯眼的地方比較好。放在電視上面如何？

女：唔，是很方便啦！可是這樣就不能悠閒的看電視了。

男：那掛在書架上方？

女：有點太高了。

男：那掛在樹的上方？

女：樹長大之後，就看不到時鐘了耶。

男：還早啦！沒關係的。

女：也是啦！那就掛那邊吧！

時鐘要掛在哪裡呢？

內容分析

❶ 本題是圖片題，選項都是與位置相關，問的是「時計はどこにかけますか」，因此要留意對話中與「位置」有關的語詞。

❷ 第一個關鍵，男士提議把鐘掛在「テレビの上」，但女士回答「便利だけど〜」，出現了表示「逆接」的「けど」，表示女士不贊同。因此不是「テレビの上」。

❸ 接下來的關鍵是男士提議「本棚の上」，但女士認為「高すぎる」，男士的提議又被否決了。

❹ 最後關鍵是男士提議「木の上」，本來女士認為「木が大きくなったら見えなくなるわよ」，但男士說「まだまだ大丈夫だよ」，最後女士說「じゃあ、今はそこにしましょう」，「そこ」指的是「木の上」，因此正確答案是3。

文法重點

❶ 「やっぱり」（果然、仍然、還是）是「やはり」的口語形式，「やっぱり」的口氣比較強烈。其他的「やっぱ」「やっぱし」是更為隨意的口語形式。「やっぱり〜がいい」是「還是〜好」的意思。「〜はどう？」是問對方的意見、感想等等。

● A：お父さんの誕生日、チョコケーキはどう？
　　（老爸的生日，巧克力蛋糕如何？）

　 B：ケーキはやっぱりショートケーキがいい。（蛋糕還是鮮奶油草莓蛋糕好！）

❷ 「A~い／V~ます／Na＋すぎる」表示表示「非常、太、過度」的意思。「なあ」是「〜啊！」的意思，用於吸引對方注意，或表示感嘆、感慨，有時也會用「な」表現，但是「なあ」是加強語氣。

● 君のスピーチは長すぎるなあ。（我覺得你的演講太長了！）

❸ 「Vたら〜」表示假定如果某動作、狀態發生的條件下與結果的關係。「まだまだ」是「還、仍、未」的意思。

● A：暑かったら、冷房をつけてください。（熱的話，就請開冷氣。）

　 B：まだまだ大丈夫ですよ。（還沒問題。）

❹ 「Nにする」表示「決定選擇〜」。

● プレゼントは財布にしましょう。（禮物就選錢包吧！）

4 ばん 🎧 007

1. 8：10

2. 8：20

3. 8：30

4. 9：00

女の人が話しています。あしたの朝、何時までに集まらなければなりませんか。

F：えー、みなさま、あしたの朝の予定が変わりました。出発の時間が30分早くなりました。8時半に出発しますから、20分までにホテルの前に集まってください。9時ではありませんから、遅れないでください。

あしたの朝、何時までに集まらなければなりませんか。

女人正在講話。明天早上必須幾點前集合？

女：大家注意，明天早上的行程有所變動，出發時間提早30分鐘。8點半出發，所以請大家20分之前在飯店前面集合。不是9點，請大家不要遲到。

明天早上必須幾點前集合？

1. 8：10
2. 8：20
3. 8：30
4. 9：00

內容分析

❶ 這題的選項都是時間，所以要特別注意有講到時間的地方。

❷ 第一個關鍵句是女士所說的「出発の時間が30分早くなりました。」，其實這就是一個陷阱。

❸ 最關鍵的還是「20分までにホテルの前に集まってください」，很直截了當地說出集合時間正確答案。

❹ 女士又再強調「9時ではありませんから、…」，所以可以肯定選項2「8：20」是正確的答案。

文法重點

❶ 「予定」是「預定、預計」的意思，多用來敘述預先制定好的計畫。接續方式除了「Nの＋予定だ」之外，還有「Vる＋予定だ」。
● 結婚式は6月の予定です。（婚禮預定6月。）
● 新幹線は午後2時に着く予定です。（新幹線預定下午2點鐘抵達。）

❷ 「Aい／Naに／Nに＋なる」是「變得～」的意思。用於「人或事物的狀態變化是自然發生」時。
● お酒を飲んで顔が赤くなりました。（喝了酒，臉變紅了。）

❸ 「（時間）までにV」表示「在～時間之前，必須完成動作、作用」，是「在～之前、到～為止」的意思。另外，請注意「（時間）までV」則表示「動作或作用持續到某一時間為止」，「到～」的意思。兩者意義完全不同。
● 今晩10時までに寝ます。（今天晚上要在10點之前就寢。）
● 明日10時まで寝ます。（明天要睡到10點。）

❹ 「Vてください」是「請～」的意思。這裡的「集まってください」帶有輕微命令的語氣。「Vないでください」是「請不要～」的意思。用於指示或要求對方不要做某事情。
● 時間がありませんから、急いでください。（因為沒時間了，請快一點。）
● これは大切な資料ですから、なくさないでください。
（因為這是重要的資料，請不要弄丟。）

21

5ばん 🎧 008

1. 15分休みます。

2. 15分練習します。

3. 30分休みます。

4. 30分練習します。

女の子が先生とピアノの練習をしています。女の子は今からどうしますか。

F：あのう、ちょっと休んでもいいですか。
M：もう？練習を初めてから、まだ３０分ですよ。
F：おなかがすいちゃって…。
M：あと15分がんばりましょう。
F：はあい。

女の子は今からどうしますか。

女生與老師在練習鋼琴。女生之後要做什麼？

女：老師，我可以休息一下嗎？
男：現在就要休息？從開始練習才過30分鐘。
女：我餓了。
男：再努力15分鐘吧！
女：好啦。

女生之後要做什麼？
1. 休息15分鐘。
2. 練習15分鐘。
3. 休息30分鐘。
4. 練習30分鐘。

內容分析

❶ 本題的問題是問女孩接下來會怎麼做，因此要留意對話中正在練習鋼琴的女孩接下來要做的事。

❷ 首先女孩向男士徵求許可「ちょっと休んでもいいですか」，男士回答「もう？」表示出驚訝的語氣，表示不接受的意思。

❸ 關鍵句就在於男士說的「あと 15 分がんばりましょう」，確定男士並沒有答應女孩子的請求。

❹ 最後女孩子回答「はあい」，無奈地接受男士的意見，將繼續練習 15 分鐘。所以可以確定正確答案為 2。

文法重點

❶ 「V てもいいですか」是「我可以做～嗎？」的意思，用於「向他人徵求許可」時。可以用「はい、～てもいいです」「いいえ、～てはいけません」回答。

● 鉛筆(えんぴつ)で書(か)いてもいいですか。（我可用鉛筆寫嗎？）

❷ 「もう？」是「もう休むの？」（馬上就要休息？）的省略，音調下降。這裡「もう↘」有「馬上就要、快要」的意思，用於「在短時間內某事態將發生」。「もう？↗」如果音調上揚則是「再、還、另外」的意思，用於「數量的添加」。

● もう終(お)わりますから、しばらくお待(ま)ちください。
（馬上就要結束了，請稍待片刻。）

❸ 「～ちゃって（～じゃって）」是「～てしまって（～でしまって）」的口語表現。對話中為了要簡短表達，故經常使用省略發音的形式。

● もしもし、すみません。道(みち)が混(こ)んじゃって、少(すこ)し遅(おく)れます。
（喂，對不起。因為塞車，我會稍微遲到。）

❹ 「まだ＋時間」相當於「才、不過」的意思，用於表示「時間很少」時。

● ダイエットを始(はじ)めてまだ 3 日(みっか)だ。（開始減肥才 3 天。）

❺ 「あと＋數量」相當於「再、還要」的意思，用於表示「需要再某數量才會達到某條件」時。

● あと 5 分(ふん)試合(しあい)が終了(しゅうりょう)する。（再 5 分鐘比賽結束。）

6ばん 🎧 009

1. 2時半のバスで行きます。

2. 2時半の電車で行きます。

3. 3時10分のバスで行きます。

4. 3時10分の電車で行きます。

スクリプト

男の人と女の人が話しています。2人は、何時に、どの乗り物で行きますか。

M：今、何時？

F：ええと、今2時10分で、次の電車は…。あ、3時10分だ。

M：ええっ、あと1時間も待つのか…。

F：うーん、どうしようか。バスなら2時半だけど、バスは時々、すごく遅れることがあるからね。今日は道が混んでいるし…。

M：それじゃ、やっぱり電車かな。

F：あと1時間ね、仕方ないわね。

2人は、何時に、どの乗り物で行きますか。

男女兩人正在交談。兩人何時，要搭乘何種交通工具去呢？

男：現在幾點？
女：唔，現在是2點10分，下一班電車是……。是3點10分。
男：咦？還要等一個小時啊……？
女：唔，怎麼辦呢？公車的話是2點半，不過公車有時候會遲到很久耶。今天路上車子又多……。

男：那還是坐電車吧？
女：再一個小時啊！也沒辦法囉！

兩人何時，要搭乘何種交通工具去呢？

1. 坐2點半的公車去。
2. 坐2點半的電車去。
3. 坐3點10分的公車去。
4. 坐3點10分的電車去。

內容分析

❶ 本題是問「2人は、何時に、どの乗り物で行きますか」，因此要留意對話中出現的時間及交通工具。

❷ 第一個關鍵句是女士說的「今2時10分で、次の電車は…3時10分だ」，因此知道距離電車來的時間，還要1小時。

❸ 後來提到「バスは2時半だけど…」，有「～けど」就表示前後資訊不同。果然女士又提到巴士有時遲到很久，而且今天路上車多。

❹ 最後關鍵句是男士說的「やっぱり電車かな」，因此可以直接刪除巴士的選項。所以兩人最後仍舊決定交通工具為「3時10分の電車」。因此正確答案為4。

文法重點

❶ 「Ｖることがある」表示「有時、偶爾～」，對話中出現「バスは時々、すごく遅れることがある」，是說「巴士有時候會嚴重誤點」。
  ● この仕事は時々海外へ出張することがある。（這個工作有時要去國外出差。）

❷ 「普通形し、～」用於敘述兩個以上的原因、理由並列。會話中女士說「今日は道が混んでいるし…」，用來說明搭巴士的缺點。
  ● Ａ：ずいぶん人が多いですね。（人相當多呢！）
    Ｂ：ええ、今日は日曜日だし、天気もいいし…。
    （是啊！今天是星期天，而且天氣又好…）

❸ 「數量＋も」是用來強調對該數量感到意外，有「竟然」的意思。
  ● 家には冷蔵庫が3台もある。（家中竟然有3台冰箱。）

❹ 這裡「名詞＋なら」表示「要是～的話」的意思，用在作為話題前提，對其進行說明時。
  ● Ａ：美術館へ行きたいんだけど、どう行ったらいい？
    （我想去美術館，該怎麼去好呢？）
    Ｂ：美術館なら、地下鉄が便利だよ。（美術館的話，搭地鐵很方便喔。）

1. ホテルです。

2. 空港です。

3. 駅です。

4. 会社です。

会社で、女の人と男の人が話しています。女の人は、今からどこへ山下さんを迎えに行きますか。

F：課長、今から山下さんを迎えに行ってきます。

M：山下さんは、新幹線でいらっしゃるの？

F：いえ、飛行機です。飛行機は２時に着きますから、10分くらい前に行って、お待ちするつもりです。ホテルまでご案内してから、会社にもどります。

M：そう。じゃあ、お願いします。

女の人は、今からどこへ山下さんを迎えに行きますか。

男女兩人正在公司交談。女人現在要去哪裡接山下先生呢？

女：課長先生，我現在就去接山下先生。

男：山下是搭新幹線過來嗎？

女：不是，他搭飛機。飛機２點會到，所以我打算提早10分鐘去等他。帶他到飯店之後，再回來公司。

男：這樣啊！那就麻煩妳了。

女人現在要去哪裡接山下呢？

1. 飯店。
2. 機場。
3. 車站。
4. 公司。

內容分析

❶ 題目問「男士要去哪裡接山下先生呢？」，但是會話中卻是出現交通工具。因此要注意交通工具代表的搭乘處。

❷ 第一個關鍵句是針對男士問的「新幹線でいらっしゃるの？」，女士回答「飛行機です」，這裡就點出正確答案是2「機場」。「いらっしゃる」是「行く、来る、いる」的尊敬語，本篇會話是「來」的意思。對話中的女士為了對談話中提到山下先生的行為表示敬意，所以用尊敬語的方式表現。

❸ 最後雖然女士提到「ホテル」「会社」，但是這些都是接到山下先生後去的地方，所以答案確定為前面的機場。

文法重點

❶ 「Vる／Nの＋前に～」表示「～之前」。「～前に～」前面接時間的話，不用加「の」。
- 彼は１０分前に出かけた。（他10分鐘前外出了。）
- ご飯を食べる前に薬を飲みます。（吃飯之前吃藥。）

❷ 「おVます する」為謙遜語句型，為自己或自己一方的人之行為。女士說的「お待ちします」，表示自己做「等待」的動作。
- 先生、お荷物をお持ちしましょうか。（老師，我來拿您的行李吧。）

❸ 「ご＋動作性名詞＋する」是謙遜語句型，主語為自己或自己一方的人。
- 会社にお戻りしたら、すぐご連絡します。（我回到公司後，馬上跟您聯絡。）

❹ 「Vるつもりだ」是「打算做～」的意思，用於「有具體計畫做某事情」時。
- 夏休みに国へ帰るつもりです。（暑假我打算回國。）

8ばん 🎧 011

1. お客様の宛先を書きます。
2. 資料をコピーします。
3. 封筒に資料を入れます。
4. 郵便局に行きます。

スクリプト

会社で男の人と女の人が話しています。男の人はこの後、最初に何をしますか。

M：忙しそうだね。手伝おうか。

F：あっ、お願い。今封筒にお客様の宛先を書いているところなんだけど。

M：じゃあ、僕も一緒に書こうか。

F：ううん、これはもう少しで終わるから、私がやる。うーん、じゃ、封筒に資料を入れてもらえない？

M：うん。

F：資料はもうコピーして、机の上においてあるから。

M：わかった。

F：それから、後で郵便局に持っていくの（を）手伝ってくれる？

M：うん、いいよ。

男の人はこの後、最初に何をしますか。

男女兩人在公司交談，男人之後一開始要做什麼？

男：你好像很忙，我來幫忙好嗎？
女：啊，麻煩你了。我現在正在信封上寫上客戶的收件資料。
男：那，我也來幫忙寫吧！
女：不，這個再一會兒就要結束了，我來處理。嗯，那麼請你幫忙把資料放進信封裡好嗎？
男：嗯。
女：資料我已經影好了，放在桌上。
男：好。
女：然後，等一下幫忙拿去郵局寄，可以嗎？
男：嗯，好！

男人之後一開始要做什麼？
1. 寫客戶收信資料。
2. 影印資料。
3. 將資料放入信封裡。
4. 去郵局。

內容分析

❶ 題目問「男人之後要先做什麼？」，但是要注意許多動作中哪一個是男士要先做的。

❷ 第一個關鍵是女士說「今封筒にお客様の宛先を書いているところなんだけど。」，本來男士表示要幫忙寫，但是女士說自己寫就可以，因此這動作與男士無關。

❸ 主要關鍵句是女士說「封筒に資料を入れてもらえない？」。這是女士要求男士做的事情，所以正確答案是 3。

❹ 女士還補充了與資料相關的訊息「もうコピーして、机の上においてある」，但這與男士動作無關。最後女士還指示了「後で郵便局に持っていくの手伝ってくれる？」，但是這不是要最先要做的，因此可以確定正確答案是 3。

文法重點

❶ 表示樣態的「A<del>い</del>＋そうだ」是說話者根據直接看到的內容所得到的判斷推測。

● このケーキはおいしそうだ。（這蛋糕看起來很好吃。）

❷ 「動詞意向形＋か」是「V<del>ます</del>＋ましょうか」的口語形，「～吧？」的意思，用於向對方提議。

● 今度の日曜日、一緒に買い物に行こうか？（這個星期天一起去買東西好嗎？）

❸ 「V ている＋ところ」表示正處於做某動作的階段。「N＋な＋んだ」表示說明情況。

● 今ご飯を食べているところです。（現在正在吃飯。）

❹ 「V てもらえない？」（能否幫我做～）表示客氣委婉地請求對方是否能為自己做某事，帶有願望、希望的語氣。

　「V てくれる？」同樣表示要求對方為自己做某事，但是口氣比較直接。

● すみません、傘を貸してもらえないかな？（不好意思，是否可以借我傘？）

❺ 「V てある」某動作結束後的狀態。

● テーブルにお花が置いてあります。（桌上擺上了花。）

題型重點攻略

試題型式

大題當頁印有「問題 2」的說明文，以及「例」讓考生練習。

試題紙上列出 4 個答案選項。從 4 個選項中，選擇最適當的答案。

問題紙

もんだい2

もんだい2では、まず しつもんを 聞いて ください。そのあと、もんだいようしを 見て ください。読む 時間が あります。それから 話を 聞いて、もんだいようしの 1から4の 中から、いちばん いい ものを 一つ えらんで ください。

れい

1 へやが せまいから
2 ばしょが ふべんだから
3 たてものが 古いから
4 きんじょに ともだちが いないから

2 ばん

1 ねつが あったから
2 あたまが いたかったから
3 けがを したから
4 歯が いたかったから

試題紙上的選項，以文字形式出題。

音檔

❶ 考試中，首先會播放「問題 2」的說明文，以及「例」讓考生練習。

> もんだい2
>
> もんだい2では まず しつもんを 聞いて ください。そのあと、もんだいようしを 見て ください。読む 時間が あります。
>
> それから 話を 聞いて、もんだいようしの 1から4の 中から、いちばん いい ものを 一つえらんで ください。

❷ 正文考題：

提問→閱讀回答 4 個選項（約 20 秒閱讀時間）→會話短文→提問（約 10 秒的作答時間）。即題目會在對話內容開始前，和對話結束後各唸一次提問，**總共會唸兩次**。兩次提問之間，是一段完整的會話短文。N4 級數裡，會話短文開始之前會有 20 秒閱讀選項的時間。

❸ 在問題結束後，會有約 10 秒的作答時間。

題型特色

❶ 「問題 2」佔聽解考題中的 7 題。

❷ N4 裡此單元在對話播出之前，**有 20 秒左右的時間可以閱讀選項**。

❸ 選項以文字形式出題。考題會話大部分是**雙人的日常對話**。

❹ 出題內容傾向**詢問理由或原因、或是詢問對話相關細節**等等，正確答題必須找出其關鍵訊息。

解題技巧

❶ 「問題 2」在試題紙上會提示 4 個選項，所以在聽完問題之後的 20 秒閱讀時間裡，務必**仔細閱讀選項，掌握考題方向**。

❷ **請仔細聆聽題目**，本大題中有 2 次問題提問。因為有閱讀的時間，所以這大題中，聽懂第一次問題提問變得十分重要。掌握問題提問，同時與文字選項連結，這樣才能在接下來的會話中找到正確答案的線索。

❸ 如果漏聽了第一次，會話結束後，會再播送一次問題提問，所以務必掌握最後一次機會。因為就算能聽懂對話內容，沒聽懂考題要問哪個重點，也無法找出答案。

❹ 請一邊聆聽對話，一邊看試題紙作答。聽對話內容時，隨時**逐一排除不可能的選項**。作答的當下請立刻畫卡，因為之後並沒有多餘的時間讓你補畫。

❺ 如果無法選出答案，請確認整篇對話中重複聽到最多次的單字，並直接選擇此單字所在的選項，如此一來便可以降低答錯的機率。

試題解析

れい 🎧 014

1. へやが　せまいから

2. ばしょが　ふべんだから

3. たてものが　古(ふる)いから

4. きんじょに　友(とも)だちが　いないから

スクリプト

女(おんな)の人(ひと)と男(おとこ)の人(ひと)が話(はな)しています。女(おんな)の人(ひと)は、どうして引(ひ)っ越(こ)しをしますか。

F：来週(らいしゅう)の日曜日(にちようび)、引(ひ)っ越(こ)しを手伝(てつだ)ってくれない？

M：いいけど、また引(ひ)っ越(こ)すんだね。部屋(へや)が狭(せま)いの？

F：ううん。部屋(へや)の大(おお)きさも場所(ばしょ)も問題(もんだい)ないんだけど、建物(たてもの)が古(ふる)くて嫌(いや)なんだ。最近(さいきん)、近所(きんじょ)の人(ひと)と友達(ともだち)になったから、残念(ざんねん)なんだけど。

M：そうなんだ。

女(おんな)の人(ひと)は、どうして引(ひ)っ越(こ)しをしますか。

男女兩人在談話，女人為什麼要搬家？

女：下禮拜天可以幫我搬家嗎？
男：是可以，但是妳又要搬家啊！房間太小嗎？
女：不是啦！房間大小、地點都沒有問題，但是建築物太舊了我不喜歡。最近才跟附近隣居變成朋友，真可惜。
男：這樣啊！

女人為什麼要搬家？
1. 因為房間狹小。
2. 因為位置不方便。
3. 因為建築物老舊。
4. 因為附近沒有朋友。

內容分析

❶　本題是敘述女士為什麼要搬家，所以要特別留意提到哪些原因。

❷　第一個關鍵句是男士說了「部屋が狭いの？」，但是女士否認。

❸　後來女士提到「部屋の大きさも場所も問題ないんだけど、建物が古くて嫌なんだ」，所以正確答案是３。

文法重點

❶　「Ｖてくれる」表示「別人給自己（或己方）～有益的行為」，這裡的「～てくれない？」則是表示說話者請求聽話者做某事。「～もらえない？」也是請求的表達方式，比「～てくれない？」更為委婉。

　●コーヒーを買
か
ってきてくれない？

　　（可以幫我買杯咖啡嗎？）

❷　「んだ」是「のだ」的口語表現，表示向對方尋求說明、確認事實，以及表示強調。「部屋が狭いの？」的「～の？」是「のだ」的常體疑問句形式。

　●昨日京都
きのうきょうと
へ行
い
ったんだね。お寺
てら
を見
み
に行
い
ったの？

　　（你昨天去了京都啊！是去看佛寺嗎？）

❸　「～けど」是逆接接續詞，表示「雖然～但是～」的語氣。「けれども」、「けれど」、「けど」意思相同，其口語化的程度是：けれども＜けれど＜けど。如果「～けど」的後文就省略了，則多了不想說明清楚的語感。

　●日本語
にほんご
の授業
じゅぎょう
が厳
きび
しいけど、楽
たの
しい。

　　（日文課很嚴格，但是很有趣。）

1 ばん 🎧 015

1. 洗たくをしました。

2. そうじをしました。

3. テニスをしました。

4. 仕事をしました。

男の人と女の人が話しています。女の人は、昨日、何をしましたか。

M：佐藤さん、昨日もテニスしたんですか。

F：あ、昨日ですか。したかったんですけど、仕事に行かなければならなくて…。

M：ああ、そうですか。日曜日でも休めないんですね。

F：ええ。本当は、うちで掃除も洗濯もしなければならなかったのに…。

M：大変ですね。

女の人は、昨日、何をしましたか。

男女兩人正在交談。女人昨天做了什麼？

男：佐藤，妳昨天有去打網球嗎？
女：昨天啊？我想打啊！可是又非得去上班不可……。
男：是喔。星期天也沒辦法休息哦？
女：是啊！其實本來我也要在家打掃洗衣服的……。
男：真辛苦耶！

女人昨天做了什麼？
1. 洗衣服。
2. 打掃。
3. 打網球。
4. 上班。

內容分析

❶ 問題是問「女士昨天做了什麼？」，因此要聽清楚對話中出現哪些動作。

❷ 第一個關鍵句是對話中男士提到「昨日もテニスをしたんですか。」女士回答「したかったんですけど」，確定沒打網球，因此可刪掉選項3。

❸ 關鍵在於「けど」後接的「仕事に行かなければならなくて…」，可確定昨天有做的是選項4「去上班」。

❹ 女士最後提到「掃除も洗濯もしなければならなかったのに…」，表示「本來也得打掃、洗衣〜」但是都沒做。因此正確答案為4。

文法重點

❶ 此處的「普通形＋んですか」表示說話者對某事感興趣，想多瞭解而進行確認。
- いい手袋ですね、どこで買ったんですか。
  （很不錯的手套呢，在哪裡買的呢？）

❷ 「Ｖなければならない」是「必須」的意思，表示「有做〜的義務」。
- Ａ：教室を掃除しなければならないんですか。（得要打掃教室嗎？）

  Ｂ：いいえ、しなくてもいいです。（不，可以不用。）

❸ 「ＡのにＢ」表示推想Ａ是理所當然的情況，但卻出現Ｂ預料之外的結果，一般含有感到意外、不滿的心情。「のに」也可以放在句尾，含有遺憾、無可奈何的語氣。
- このスマホはまだ新しいのに、もう壊れてしまった。
  （這手機還是新的，卻已經壞了。）
- もう少し早く起きれば、新幹線に間に合うのに…。
  （再早一點起床的話，就趕得上新幹線了，可是…。）

❹ 「名詞＋でも」是「即使〜也；就連〜都」的意思，用於「從同類事物中提出一項表示其界限」時。
- 日本人でも読めない漢字がある。（就連日本人，也有不會唸的漢字。）

2ばん 🎧 016

1. テレビはなくても困らないからです。

2. そのまま引き出しに入れてあったからです。

3. 買ったばかりだったからです。

4. 薄くて軽いからです。

女の人が話しています。パソコンはどうして盗まれましたか。

F：昨日、留守の間に、どろぼうに入られたんです。買ったばかりのテレビは盗まれなかったし、引き出しに入れてあったお金もそのままだったんですけどね、パソコンが…。まあ、軽くてノートのように薄いから、簡単に持っていかれたんですね。テレビだったら、そんなに困らないんですけど…。あーあ。

パソコンはどうして盗まれましたか。

一位女士正在說話。她的電腦為什麼被偷走？

女：昨天我不在家時，有小偷闖空門。剛買的電視機沒有被偷，放在抽屜裡的錢也原封不動，但電腦就……。它重量輕，又像筆記本那麼薄，所以容易就被帶走了。如果是電視機被偷，我反而不會這麼煩惱的……。唉！

她的電腦為什麼被偷走？
1. 因為沒有電視也沒關係。
2. 因為原封不動放在抽屜裡。
3. 因為剛買。
4. 因為又薄又輕。

內容分析

❶ 本題問的是「電腦為什麼被偷走？」，題目選項均是可能的原因。

❷ 關鍵句「買ったばかりのテレビは盜まれなかったし、引き出しに入れてあったお金もそのまま…」，由此可得知電視、錢都沒有被偷，因此其相關訊息都與電腦無關。

❸ 最後關鍵句提到電腦「薄いから、簡単に持っていかれたんですね。」由此可知被偷是因為選項 4「又薄又輕」。

文法重點

❶ 「A は B に＋被動動詞」表示 B 對 A 做了某行為，而 A 有「受害」的感覺。此段會話中出現的被動句有「受害」的語氣。
- 子供に服を汚されました。（被孩子弄髒了衣服。）

❷ 「普通形し、〜」表示敘述並列 2 個以上的狀態、理由。
- 彼はたばこも吸わないし、お酒も飲みません。
  （他既不抽菸又不喝酒。）

❸ 「V たばかりだ」表示「剛〜」的意思，用於「說話者主觀認為動作結束後，時間並沒有過多久」時。
- 3 年前に、日本に来たばかりの時は日本語が全然話せなかった。
  （3 年前剛來日本的時候，完全不會說日文。）

❹ 「V てある」表示「〜著；已〜了」的意思，用於表達人為意志動作結束後，其結果存在的狀態，動詞部分使用他動詞。
- 冬の布団は押し入れにしまってあります。（冬天的棉被已收納在壁櫥裡。）

❺ 「N のように ＋V/A い/Na」拿某物來做比喻、比擬，表示「如同〜一般」。
- カタツムリのように遅い。（如同蝸牛一般的緩慢。）

❻ 「A ＋たら＋B」表示 A 假設條件下，造成 B 的結果。
- 明日雪が降ったら、試合は中止します。（明天下雪的話，比賽就中止。）

3 ばん 🎧 ⟨017⟩

1. ピアノの音がうるさいからです。
2. 電車がうるさいからです。
3. テレビがうるさいからです。
4. けんかの声がうるさいからです。

男の人と女の人が話しています。男の人は、どうして引っ越したいのですか。

M：今、アパートを引っ越そうと思ってるんだよ。

F：ああ、電車の音がうるさくて、寝られないって言ってたわね。

M：それはもう慣れたんだけど、上の部屋に住んでいる人がね、毎晩大きな声でけんかするんだ。

F：へえー。

M：はじめは、テレビの音だろうと思ってたんだけど、そうじゃなくて…。

F：テレビなら小さくしてくださいって頼めるけど、けんかじゃね。

M：そうなんだ…。

F：実はうちも、上の部屋のピアノの音がうるさいの。私も引っ越そうかな。

男の人は、どうして引っ越したいのですか。

男女兩人正在交談。男人為何想搬家？

男： 我打算要搬家。
女： 喔，你之前說過電車的聲音很吵，吵得沒辦法睡覺。
男： 那個我已經習慣了啦！是住在樓上的人，每天晚上都吵架吵得很大聲。
女： 哦！
男： 剛開始還以為是電視的聲音，但其實不是……。
女： 電視的話我還可以拜託他們把聲音關小一點，可是吵架就沒辦法了。
男： 就是啊！
女： 其實我家樓上的鋼琴聲也很吵，我也搬家好了。

男人為何想搬家？

1. 因為鋼琴聲很吵。
2. 因為電車很吵。
3. 因為電視很吵。
4. 因為吵架的聲音很吵。

內容分析

❶ 本題是找出男士搬家的原因。

❷ 第一個關鍵句是「電車の音がうるさくて、寝られないって言ってたわね。」女士向男士確認原因是否與先前的一樣，但男士說這些都已經習慣了。

❸ 第二個關鍵句是男士說他說明搬家的理由「上の部屋に住んでいる人がね、毎晩大きな声でけんかするんだ」，由此可知是因為樓上鄰居大聲吵架才要搬。正確答案是 4

❹ 緊接著男士說明了噪音的狀況，沒有再提到其他的理由，到此就可以確定正確答案是 4。

文法重點

❶ 「Ｖ（よ）うと思っている」是「我一直想～」的意思，用於表示「說話者本人已下定決心，且意圖計畫會一直持續」。「Ｖ（よ）う」可以用來表達自己的「意志」，表示說話者本人決心要做某事，但尚未實際行動時。若對第二人稱使用，則是「勸誘」表現，表示說話者催促對方與自己一起進行某動作。

• 将来日本語の先生になろうと思っている。
（將來我一直想成為日語老師。）

• 友達に電話をかけよう。（來打個電話給朋友吧！）

❷ 「普通形＋だろう」表示推測。其禮貌形式為「～でしょう」。

• もうすぐ雨が止むだろう。（雨馬上就要停了吧！）

❸ 「って」為表示引用的「と」的口語表現。除此之外，還可以表示主題（＝は、とは、というのは），或是放在句尾表示傳聞。

• 彼、ちょっと遅れるって（言ってたよ）。（他說會稍微遲到一下。）

• すき焼きってどんな食べ物ですか。（壽喜燒是什麼樣的食物呢？）

• あした、雨が降るって。（聽說明天會下雨。）

4 ばん 🎧 018

1. 静かなところに住みたかったからです。

2. 家族が増えたからです。

3. 前のアパートが嫌いだったからです。

4. 前のアパートが会社から遠かったからです。

スクリプト

男の人が話しています。男の人はどうして引っ越しましたか。

M：先週引っ越したんですよ。今度のアパートは新しいし、会社にも近いんですよ。うーん、前のアパートも近いし静かで良かったんですが、子供が生まれてちょっと狭くなったんです。

男の人はどうして引越しましたか。

男人正在講話。男人為何搬家？

男：我上個星期搬家了。現在住的是全新的公寓，而且離公司又近。唔，之前住的公寓離公司也很近，環境安靜，一切都很好。但是小孩子出生之後，空間就變的有點小了。

男人為何搬家？

1. 因為想居住在安靜的地方。
2. 因為家庭成員增加了。
3. 因為不喜歡之前居住的公寓。
4. 因為之前的公寓離公司太遠了。

內容分析

❶ 本題的選項皆是男士搬家的理由，必須從中選出一個男士所描述的理由。

❷ 第一個關鍵句是男士說了「今度のアパートは新しいし、会社にも近いんです」，男士也講了之前的公寓同樣也是又近又安靜。

❸ 最重要關鍵是「子供が生まれてちょっと狭くなったんです」表示男士搬家的真正理由是小孩的出生。所以可以判定 2 是正確的答案。

文法重點

❶ 「先週引っ越したんですよ」中的「〜んです」是以搬家為依據，然後去敘述為何搬家的情況。「よ」表示向對方提出自己的主張或想法。

● 先月ハワイに行ったんですよ。ハワイは今回が初めてなんです。

（上個月我去了夏威夷喔！夏威夷我可是第一次去呢。）

❷ 「普通形し、〜」是「既〜又〜」的意思，用來敘述性質相同兩項條件之並列。

● A：おいしかったし、雰囲気もよかったし、いいお店だったね。

（東西好吃，氣氛也很好，這家店很不錯呢。）

B：うん。また来ようよ。（嗯。我們下次再來吧！）

❸ 「A～く／Na に／N に＋なる」是「變得〜」的意思。用來表示人或事物的狀態變化是自然發生，而非人為使之發生變化。

● 近くに駅やデパートができて、にぎやかになりました。

（附近蓋了車站、百貨公司等等，就變熱鬧了。）

5 ばん 🎧 019

1. 曇っていて、人が少なかったです。

2. いい天気でしたが、人が少なかったです。

3. 曇っていましたが、人が多かったです。

4. いい天気で、人が多かったです。

男の人と女の人が話しています。昨日の朝、海はどうでしたか。

M：昨日、海へ行ったんですよ。

F：へえー、いいなあ。でも、人が多かったでしょう？

M：そうですね、朝は、あまり人がいませんでしたが、昼からもうたくさん来て、大変でしたよ。

F：天気はどうでしたか。

M：ええ、昼までは曇っていて寒かったんですが、午後からはいい天気になりましたよ。

昨日の朝、海はどうでしたか。

男人與女人在說話，昨天早上海邊情況為何？

男：昨天我去了海邊喔！

女：啊！真好。可是人很多吧？

男：唔……。早上沒什麼人，中午後好多人來，好擠。

女：天氣如何？

男：一直到中午是陰天，有點冷，不過下午開始就放晴了。

昨天早上海邊情況為何？

1. 陰天而人少。
2. 好天氣，但人少。
3. 陰天，但人多。
4. 好天氣且人多。

內容分析

❶ 問題是問「昨天早上海邊的狀況」，所以要將重點擺在天氣與遊客多寡的組合，聽男士與女士的對話中出現「朝」的句子，很容易就能找到答案。

❷ 第一個關鍵句是女士說「人が多かったでしょう？」，但是男士回答了第二個關鍵句「朝はあまり人がいませんでした」，所以可以斷定今天早上的人少，所以3、4選項可以刪除。

❸ 最後，男士說天氣是「昼までは曇っていて寒かったんです」，可見早上是陰天。所以選項1是正確答案。

文法重點

❶ 「へえー」是表示「驚奇、驚訝、欽佩、疑惑」等語氣的感嘆詞，也常以「へえー、そうですか」形式出現。

● Ａ：あの山は夏でも雪が降りますよ。（那座山即使是夏天也會下雪。）

　Ｂ：へえー、そうですか。（哦，這樣啊！）

❷ 「～なあ」表示「盼望、感動、讚嘆、失望、悲傷」等語氣的終助詞，語氣比「～な」更為強烈。

● 早く夏休みになるといいなあ。（暑假早一點到來多好呀！）

❸ 「普通形＋でしょう？↗」是「～吧？」的意思，用於「向對方進行確認」時，語調必須上揚。若「でしょう↘」語調下降則是「推測」的語氣，兩者意思不同。

● お腹が空いたでしょう？↗（你肚子餓了吧？）

● 彼はこのごろ忙しいでしょう↘。（他最近很忙吧！）

❹ 「Ａは～が、Ｂは～」是對比的句型，「Ａ是～、可是Ｂ～」的意思，用於區別比較ＡＢ兩個對立的事物。其中除了「が、を」之外「まで、から、に、へ、で…」等助詞碰上「は」都不可以取代「は」。

● 小林さんは英語は話せますが、中国語は話せません。

（小林先生會說英文，但是不會說中文）

6 ばん 🎧⃝020

1. 子どもが好きだからです。

2. 歌が好きだからです。

3. スキーができないからです。

4. スキーでけがをしたからです。

スクリプト

男の人と女の人が話しています。この人の友達はどうしてカラオケをしましたか。

M：僕の友達に面白い人がいてねえ。クラスの人と一緒に初めてスキーに行ったんだけど、スキーができない、ということ言えなくて、みんなが滑っているときに、僕はスキーはうまいけど、嫌いなんだとか言って、ホテルにいた子どもたちとずっとカラオケをやっていたんだよ。

この人の友達はどうしてカラオケをしましたか。

男人在說話。此人的朋友為何唱了卡拉 OK？

男：我有一個很有趣的朋友。他之前第一次和班上同學去滑雪，但他不會，但是他又說不出口。於是當大家在滑雪的時候，他就說「我的技術是很好啦！但是我不喜歡滑雪」所以他就和飯店裡的小孩子一直唱卡拉 OK。

此人的朋友為何唱了卡拉 OK？
1. 因為他喜歡小孩子。
2. 因為他喜歡唱歌。
3. 因為他不會滑雪。
4. 因為他滑雪受了傷。

內容分析

❶ 問題是問「男士的朋友為什麼唱卡拉 OK ？」，因此要排除對話中出現的干擾描述，找出真正的原因。

❷ 第一個關鍵句是對話中男士提到「スキーができないということ言えなくて。」確定男士的朋友不會滑雪，因此可刪掉 4。

❸ 關鍵在於之後接的「僕<ruby>僕<rt>ぼく</rt></ruby>はスキーはうまいけど、<ruby>嫌<rt>きら</rt></ruby>いなんだとか言って…」，可確定男士的朋友說謊，所以正確答案為 3。

文法重點

❶ 「スキーができない、ということ言えなくて」這裡的「ということ」用於具體表示說話、知識、事情等的內容，「～的事、一事」的意思。

● <ruby>私<rt>わたし</rt></ruby>はこの<ruby>試合<rt>しあい</rt></ruby>から<ruby>最後<rt>さいご</rt></ruby>まで<ruby>諦<rt>あきら</rt></ruby>めないということを<ruby>学<rt>まな</rt></ruby>んだ。
（我從這場比賽學到了直到最後都不要放棄。）

❷ 「V る／V ない／V た／V ている＋ときに」是「～的時候」。

● インドへ<ruby>行<rt>い</rt></ruby>くとき、ビザは<ruby>必要<rt>ひつよう</rt></ruby>です。
（去印度時，簽證是需要的。）

● わからないとき、ネットで<ruby>調<rt>しら</rt></ruby>べましょう。
（不了解的時候，上網查詢。）

● <ruby>風邪<rt>かぜ</rt></ruby>をひいたとき、<ruby>薬<rt>くすり</rt></ruby>を<ruby>飲<rt>の</rt></ruby>んで<ruby>寝<rt>ね</rt></ruby>ます。
（感冒的時候，吃了藥就睡覺。）

❸ 「とか」用於口語，表示從同類事物中舉出幾個類似例子，並暗示還有其他，是「～之類的」「～啦～」的意思。

● <ruby>今日<rt>きょう</rt></ruby>の<ruby>試験<rt>しけん</rt></ruby>について、「<ruby>難<rt>むずか</rt></ruby>しい」とか「<ruby>問題<rt>もんだい</rt></ruby>が<ruby>多<rt>おお</rt></ruby>すぎる」とか<ruby>思<rt>おも</rt></ruby>った<ruby>学生<rt>がくせい</rt></ruby>が<ruby>多<rt>おお</rt></ruby>いようだ。
（關於今天的考試，覺得「很難」啦、「考題過多」的學生似乎很多。）

7 ばん 🎧 021

1. しお → しょうゆ → にく

2. しお → にく → しょうゆ

3. にく → しょうゆ → しお

4. にく → しお → しょうゆ

スクリプト

男の人と女の人が話しています。どの入れ方が正しいですか。

F：初めにお湯を沸かしてください。それから砂糖を少し入れて
　　ください。

M：はい。

F：次に肉を入れます。最後に醤油を入れてください。

M：先生、塩を入れなくてもいいんですか。

F：あっ、すいません。塩は肉を入れる前に入れてください。

M：最後に醤油ですよね？

F：はい。

どの入れ方が正しいですか。

男女兩人正在交談。放入順序正確的為
何者？

女：首先請先將開水燒開，然後放入少
　　　量的糖。

男：好的。

女：接著把肉放進去。最後再倒入醬
　　　油。

男：老師，不放鹽可以嗎？

女：啊！不好意思。把肉放進去前請先
　　　將鹽放進去。

男：最後才要倒入醬油對吧？

女：對。

放入順序正確的為何者？

1. 鹽 → 醬油 → 肉
2. 鹽 → 肉 → 醬油
3. 肉 → 醬油 → 鹽
4. 肉 → 鹽 → 醬油

內容分析

❶ 本題的問題重點是做菜的順序，要注意食材、步驟順序的表現方式。

❷ 一開始女士說「初めにお湯を沸かしてください。それから砂糖を少し入れてください」，但是題目沒有問這部分的食材，所以可以不理會。

❸ 第一個關鍵句是「次に肉を入れます。最後に醤油を入れてください」，所以選項1可以刪去。

❹ 最後關鍵句是女士說的「塩は肉を入れる前に入れてください」，確定鹽是在肉前面，所以正確答案是2。

文法重點

❶ 借由「まず、初めてに、次に、それから、最後に」等副詞、連接詞，表達作業的順序。以「泡速食麵」為例：

● まずお湯を沸かします。次に蓋を少し開けて、麺と調味料を入れます。それからお湯を入れて、最後に蓋を閉めて、3分待ってください。

（首先將熱水燒開。再來稍微將蓋子打開，加入麵及調味包。然後加入熱水。最後請蓋上蓋子，等3分鐘。）

❷ 「Vな～くてもいい」是「不～也可以」的意思，用於「在許可範圍內，不需要或可以不必做某事情」時。「～なくてもいい」和「～なくてもかまわない（即是不～也沒關係）」類似，但後者較委婉禮貌。

● 病気はもう治ったから、薬を飲まなくてもいい。

（病已經好了，可以不需要吃藥了。）

❸ 「Vる前に、V」是「做～之前，先做～」的意思，表示「完成前項動作之前，先做後項動作」。

● 寝る前に、電気を消してください。（睡覺之前，請把燈關掉。）

❹ 「～よね」是「～沒錯吧？」的意思，用於「對方知道的事情，但自己不太確定而向對方確認」時。

● 会議は午後2時からですよね。（會議是下午2點鐘開始，沒錯吧？）

題型重點攻略

試題型式

大題當頁印有「問題3」的說明文，以及「例」讓考生練習。

試題紙印出圖示，判斷箭頭（→）所指的人物該說什麼話。

問題紙

もんだい3

もんだい3では、えを 見ながら しつもんを 聞いて ください。
→（やじるし）の 人は 何と 言いますか。1から3の 中から、いいものを 一つ えらんで ください。

れい

1ばん

音檔

022

❶ 考試中，首先會播放「問題3」的說明文。

> もんだい3
>
> もんだい3では、えを 見ながら しつもんを 聞いて ください。
> →（やじるし）の 人は 何と 言いますか。 1から3の 中から、いちばいい ものを 一つ えらんで ください。

023

❷ **正文考題：**
針對試題紙上的**圖示略做簡單說明**，「**問題**」緊接在說明的後面，接下來是問題選項。也就是說，這大題沒有 AB 兩人會話之類的內容。

❸ 在問題結束後，會有約 10 秒的作答時間。

題型特色

❶ 「問題 3」佔聽解考題中的 5 題。**為改制後的新題型**。

❷ 題目類型為**看圖並選出適當的表達內容**。

❸ 試題紙上印出圖示，考生必須判斷圖片中箭頭標示的人物，在該圖片的情境中，會說什麼內容。

❹ 聽力內容多為**日常生活內容**，可能出現**勸誘、發問、請求、委託**等等情境。

❺ **一題只有三個選項**，試題紙上不會印出。注意，試題紙上只有印出圖示。

解題技巧

❶ 題目開始之前**略看一下圖片，了解圖片情境**，有助於掌握考題方向。看完圖片，推敲其情境後，請作好聆聽題目的準備。

❷ 注意！耳朵聽到的題目的選項也許似乎都合理，這時只有搭配圖片的細節，才能在短短的幾秒中內選出最適當的選項。一定要邊聽一邊仔細看試題紙作答，同時隨時做筆記。

❸ 作答的當下請立刻畫卡，因為之後並沒有多餘的時間讓你補畫。

❹ 要特別注意**箭頭（➡）所指人物是聽話者，還是發話者**。判斷問題中是聽話者還是發話者會說的內容，是關鍵的線索。

試題解析

れい

スクリプト

レストランでお店（みせ）の人（ひと）を呼（よ）びます。何（なん）と言（い）いますか。

1. いらっしゃいませ。
2. 失礼（しつれい）しました。
3. すみません。

內容分析

題目問，在餐廳裡要叫服務生時，該怎麼說。

選項1：意思是「歡迎光臨」，這應該是服務生說的，而不是客人。

選項2：意思是「告辭或失禮」，適用於要先離開或道歉時，故不合邏輯。

選項3：正確答案。「不好意思」的意思。適用於到餐廳用餐，叫服務生過來時。也可以說「すみません！お願（ねが）いします！」（不好意思，麻煩你。）

1 ばん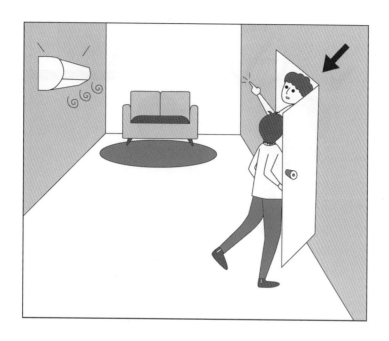

Part 1

考題・㈢ 發話表現　試題解析・1ばん

スクリプト

今から出かけます。エアコンを消すのを忘れています。何と言いますか。

1. エアコンを消しておいてね。

2. エアコンをつけてあるよ。

3. エアコンが開いているよ。

内容分析

題目是問要請對方關冷氣，該怎麼說。

選項 1：正確答案。意思是「冷氣要關喔」。「消す」是關掉某機械、器具；「～ておく」這裡是「（為了下次）採取某措施」。

選項 2：意思是「冷氣開著」。「～てある」陳述某動作結束後的結果。

選項 3：「打開、關閉某機械、器具」使用的動詞分別是「つける」「消す」，「開く」是誤用。

2 ばん 🎧026

> **スクリプト**
>
> ここではタバコを吸うことができません。何と言いますか。
>
> 1. ここで、タバコを吸ってはいけないよ。
> 2. ここではタバコを吸わなくていいよ。
> 3. ここはタバコが吸いにくいね。

内容分析

題目問要請對方不要吸菸，該怎麼說。

選項 1：正確答案。「這裡不可以吸菸」。「V てはいけない」是表示禁止某動作。

選項 2：意思是「這裡的話，不吸菸也可以」，「V なくてもいい」屬於許可的用法。

選項 3：這裡是誤用。「V にくい」表示「做某動作困難」。

3 ばん 🎧 027

スクリプト

コンサートに行こうと言われましたが、時間がありません。何と言いますか。

1. すみません、その日はちょっと…。
2. じゃ、いつでもコンサートに行けます。
3. そうですね。コンサートは面白かったですね。

内容分析

題目問要拒絕別人邀請參加演唱會，該怎麼說。

選項 1： 正確答案。意思是「不好意思，那天我……（不方便）」，「ちょっと…」後面省略了原因。

選項 2： 意思是「那麼，我隨時都能去演唱會」，不符題意。「疑問詞＋でも」表示「無論～都～」。

選項 3： 意思是「這樣子啊，演唱會真有趣」。演唱會還沒結束，不符題意，所以也不是正確答案。

53

4 ばん 🎧 028

きんようび
金曜日、アルバイトに来ることができません。何と言いますか。

1. すみません、金曜日休ませてください。
2. じゃ、金曜日休んだほうがいいです。
3. じゃ、金曜日休みませんか。

内容分析

題目問打工要請假時，該怎麼說。

選項1：正確答案。意思是「不好意思，禮拜五請讓我請假。」

選項2：意思是「那麼，禮拜五休假比較好。」，完全搞錯回答方向。「Vたほうがいい」表示「～比較好」。

選項3：意思是「那麼禮拜五休假吧」，不符提問方向。「～ませんか」表示提議。

5ばん

スクリプト

友^{とも}だちが素敵^{すてき}なめがねをかけています。私^{わたし}も買^かいたいです。何^{なん}と言^いいますか。

1. どの店^{みせ}で買^かう予定^{よてい}ですか。
2. それはどこで買^かったんですか。
3. 買^かうかどうか教^{おし}えてください。

內容分析

題目問想買跟朋友一樣的眼鏡時，該怎麼說。

選項1：意思是「預計在哪家店買？」。「Vる＋予定だ」是用於計畫做某事，問對方要在哪裡買，不符題意。

選項2：正確答案。意思是「那是在哪買的？」。「～んだ」是用來表達「說明原由、理由」等等語氣。

選項3：意思是「請告訴我是否要買」。「～かどうか」將不含疑問詞的疑問句插入句子中，表達「是否～」的意思。

即時應答

題型重點攻略

試題型式

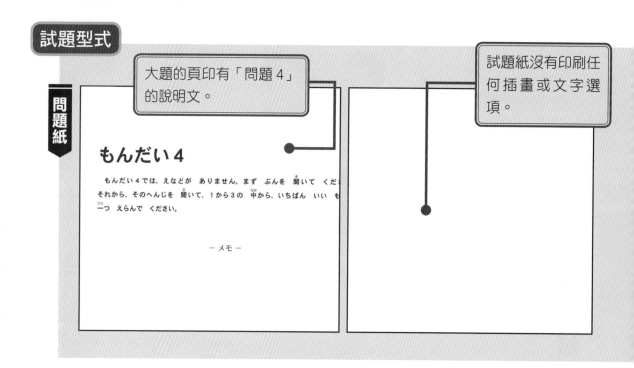

問題紙

大題的頁印有「問題 4」的說明文。

試題紙沒有印刷任何插畫或文字選項。

> もんだい 4
>
> もんだい 4 では、えなどが ありません。まず ぶんを 聞いて くだ…
> それから、そのへんじを 聞いて、1 から 3 の 中から、いちばん いい も…
> 一つ えらんで ください。
>
> ーメモー

音檔

① 考試中，首先會播放「問題 4」的說明文，以及「例」讓考生練習。

(030)

> もんだい 4
>
> もんだい 4 では、えなどが ありません。まず ぶんを 聞いて
> ください。それから、そのへんじを 聞いて、1 から 3 の 中から、
> いちばん いい ものを 一つ えらんで ください。

(031) ② **正文考題：**
A 問 ➡ B 回答 3 可能選項（約 10 秒的作答時間）。也就是說這項聽力考題是兩人進行一問一答，A 說完對話文中第一句之後，B 有 3 個回答選項，考生必須從其中選出最佳回答。

③ 在問題結束後，會有約 10 秒的作答時間。

題型特色

❶「問題 4」佔聽解考題中的 8 題。**為改制後的新增題型。**

❷ 聽力內容多半是由兩人進行一問一答，回答的部分是考題選項。

❸ 請特別留意，**一題只有 3 個選項。**同時，試題紙上沒有印刷任何插畫或文字選項。考生必須聽取短句發話，並選出適切的應答。

❹ 題目內容與**日常生活情境**息息相關，形式包含**疑問句、勸誘句、命令句、委託或請求同意的句子**等等。

❺ 近年來的考題，提問部分的內容有加長的傾向。

解題技巧

❶ 試題本上不會出現任何文字。因此**千萬不要忘記隨時做筆記。**作答的當下請立刻畫卡，因為**之後並沒有多餘的時間讓你補畫。**

❷ 聽解考題中，本大題為最需要臨場應變能力和精準判斷力的大題，請務必大量練習試題。

❸ 題目內容與日常生活情境息息相關，因此必須多**學習情境的慣常用法。**要注意題目中設下的**文法思維陷阱**，因為有時候文法是正確的，但是卻是不自然的表現方式。

❹ 因為沒有任何的圖示或文字線索做為判斷的依據，因此導致作答時間變成十分緊迫，沒有時間讓你慢慢思考。如果你思索前一題，就會漏聽下一題，最後便會不自覺慌張起來，產生骨牌效應通通答錯。
因此**只要碰到聽不懂的題目，就請果斷選擇一個可能的選項**，然後迅速整理心情，準備聽下一題。若是一直執著在某一題上，反而會害到後面的題目，最後失敗走出考場。

れい 🎧 032

F ：ジュース買いに行きますけど、何か買ってきましょうか。

M ：1. ええ、いいですよ。

2. そうですか。おいしそうですね。

3. あ、コーヒー、お願いします。

女：我要去買果汁，需不需要我買什麼回來？

男：1. 嗯，可以啊！

2. 這樣子啊，好像很好吃。

3. 啊！咖啡，麻煩妳。

內容分析

＊題目說到「我要去買果汁，需要買什麼回來嗎？」，問句裡的「～ましょうか」表示說話者提議為對方做某事。

選項 1： 「～ましょうか」的回答裡，如果是拒絕的話，常見的回答有「けっこうです」、「いいです」。「ええ、いいですよ」是允許的意思，與問句不符。

選項 2： 「おいしそうです」是看起來很好吃，但是對話中並沒有提示到，有什麼看起來很好吃的東西。所以不正確。

選項 3： 正確答案。「～ましょうか」的回答裡，如果是接受的話，常見的回答「ありがとう、じゃ、～お願いします」，所以是正確答案。

1 ばん 🎧 033

F：毎日 朝ご飯を食べますか。

M：1. ええ。いそがしいのに食べます。

2. ええ。いそがしくないと食べます。

3. ええ。どんなにいそがしくても食べます。

女：你每天早上都會吃早餐嗎？

男：1. 是的，明明很忙卻會吃。

2. 是的，不忙就會吃。

3. 是的，即便再怎麼忙都會吃。

內容分析

＊女士的問句中「毎日＋非過去式動詞」表示每日的習慣。

選項 1： 「～のに」，是逆接的句型，表示「明明～卻～」的意思，選項中的「ええ」與「忙しいのに食べます」前後矛盾。

選項 2： 「～ないと～」（不～就～）表示「不做～就會有不好的結果」的意思。選項句子意思矛盾。

選項 3： 正確答案。「～ても／～でも」，是「即使～」的意思。「どんなに～ても／でも」，表示「不管～都會～；無論～也」的意思，也可以用「いくら～ても／でも」表達。

● どんなに頑張ってもうまくいかなかった。

（無論怎麼努力，都不順利。）

● どんなにおいしくても買わないほうがいい。

（無論再怎麼便宜，都最好不要買。）

● いくら冗談でも許せない。（即使是開玩笑，也無法原諒。）

2 ばん 🎧 034

F：山川さんの誕生日にこの財布をあげるつもりです。

M：1. ええ、たしかに喜んでくれましたね。

2. そうですか。きっと喜んで使ってくれるでしょう。

3. そうですか。たぶん喜んで使ってもらうでしょう。

女：山川先生的生日，我打算送他這個錢包。

男：1. 是啊，他一定已經很高興。
    2. 這樣啊，他一定用得很開心吧！
    3. 這樣啊，也許會用得開心吧！

內容分析

* 女士說要送別人生日禮物，其中「～つもりだ」句型表示「打算做某動作」。

選項 1： 這裡不能用過去式的「くれました」。「V てくれる」是「別人為自己（己方）做某事」的意思，表示自己（己方）受惠。

● 鈴木さんが駅前送ってくれました。（鈴木先生送我到車站。）

選項 2： 正確答案。「そうですか」尾音下降的話，表示附和對方說的話。「きっと～でしょう」（一定是～吧！）表示說話者推測某事情的確定性高。

選項 3：「V てもらう」是「自己（己方）從別人那裡受惠」的意思。「たぶん～でしょう」不適合用於推測自己（己方）的事情，所以選項 3 不自然。

● 鈴木さんに学校を案内してもらいました。。

（鈴木先生為我介紹校園。）

3 ばん 🎧 035

スクリプト

F：昨日から少し熱があって頭がいたいんです。

M：1. じゃ、どうぞお元気でね。

　　2. それはいけませんね。

　　3. はい。気をつけて帰ってください。

女：昨天開始有些發燒，頭好痛。

男：1. 那麼，請多保重。
　　2. 那可不好！
　　3. 好的，回去時請小心。

內容分析

＊女士說生病發燒頭痛，其中「んです」，表示說話者說明強調自己不
　舒服的狀況。

選項1：「お元気でね」是與別人道別時的招呼語，意思是「請多保
　　　　重……」。

選項2：正確答案。別人生病時，會用這句表示自己的擔心。

選項3：「～に気を付ける」，表示注意、小心某事物。「どうぞお気
　　　　をつけてね」則是與別人道別時的招呼語，意思是「路上小
　　　　心……」，本句不符題意。

4 ばん 🎧 036

スクリプト

F：もう7時半だ。バスに間に合うかな。

M：1. ええ、それは間に合っています。

2. じゃ、そろそろ行きましょう。

3. 大丈夫だよ。車で送ってくれたから。

女：已經 7 點半了，不知道趕得上公車嗎 ?!

男：1. 是的，那個有趕上。

2. 那麼，我們差不多該走囉。

3. 沒問題的，因為開車送了我們。

內容分析

＊女士提到時間已經晚了，擔心是否趕得上公車。其中「もう」表示已經快要到～時間了。「かな」表示說話者對某事物輕微不確定的語氣。

選項 1：句型中的「V ている」表示「～的狀態持續」。不符題意。

選項 2：正確答案。「そろそろ＋動詞」表示「差不多該做～」。

選項 3：過去式的「…てくれた」不符題意。改成未來式「車で送ってくれるから」則可以。

5 ばん 🎧 037

M：おかあさん、ただいま。友_{とも}だちのアキラくんをつれてきた
よ。

F：1. あら、アキラくん、よく来_きてくれましたね。

　　2. あら、アキラくん、ごめんなさい。

　　3. あら、アキラくん、いってらっしゃい。

男：媽媽，我回來了。我帶了朋友小明回來喔！

女：1. 啊，小明，歡迎你來。

　　　2. 啊，小明，對不起。

　　　3. 啊，小明，請慢走。

內容分析

＊男孩說「帶了朋友回家」，其中「～つれてくる」指要「帶回」的意思。

選項1：正確答案。「歡迎別人到來」的招呼用語。如果是敬語的話則
是「よくいらっしゃいました」。

選項2：「ごめなさい」（對不起）是對自己做錯的事情致上歉意。

選項3：「いってらっしゃい」（請慢走）一般是對出門的人說的慣用語，
與題意不符。

6 ばん 🎧 ⑳³⁸

F1：あ、これ、おいしそうだね。食べてもいいの？

F2：1. ええ。お父さんに食べさせるから。

　　2. だめよ。おばあちゃんに食べてもらうものだから。

　　3. だめよ。外で食べてください。

女1：啊，這個看起來好好吃，我可以吃嗎？

女2：1. 可以，要給爸爸吃的。

　　　2. 不可以！那是要給奶奶吃的。

　　　3. 不可以！到外面吃。

內容分析

＊「A~~い~~／Na＋そうだ」表示「外表看起來～」；「V~~ます~~＋そうだ」
表示預測動作、狀態即將發生。

選項1：「～にV（さ）せる」是動作使役形，表示「叫他人、讓他人
做某動作」。

- 部長は鈴木さんを福岡へ出張させます。

（部長叫鈴木去福岡出差。）

選項2：正確答案。「おばあちゃんに食べてもらう」中使用「～ても
らう」表達出感謝的語氣。

選項3：「だめ」與後面的句子矛盾，所以不是正確的選項。

7 ばん 🎧 ⓪39

F：遅（おそ）くなってすみません。

M：1. いいえ、私（わたし）も今（いま）、来（き）たところです。

2. すみません、用事（ようじ）がありますから。

3. わかりました。着（つ）いたら電話（でんわ）しますね。

女：我遲到了，對不起。

男：1. 不會，我也剛到。

2. 不好意思，我有事。

3. 我知道了，到了我會打電話。

內容分析

＊女士為自己遲到一事向對方道歉。

選項1：正確答案。「Ｖる／Ｖている／Ｖた＋ところ」表示動作不同的階段，分別是「正要～／正在～／剛～」。

- 今（いまで）出かけるところです。（現在正要出門。）

- 今（いま）ご飯（はん）を作（つく）っているところです。（現在正在做菜。）

選項2：本選項應該是遲到的人會說的內容，不符題意。類似「用事がある」的表現還有「予定（よてい）がある」等等。

選項3：本選項不符題意。這裡的「Ｖたら」表示確定條件的假設。

- 大学（だいがく）を卒業（そつぎょう）したら働（はたら）きます。（大學畢業了就去工作。）

8 ばん 🎧 040

F：もうすぐお客さんが来るから、片づけてください。

M：1. もう片づけてありますよ。

2. いつ、片づければいいですか。

3. もしよければ、片づけましょうか。

女：客人馬上就要來了，去整理整理。

男：1. 我已經整理好了喔。

2. 我要什麼時候整理好呢？

3. 可以的話，來整理吧！

內容分析

＊「もうすぐ」是「馬上即將要～」的意思。「すぐ」則是「馬上～」的意思。

選項1： 正確答案。這裡的「V てある」表示動作完成後的結果。

選項2： 客人就要來了，當然要馬上整理，所以這個選項不符題意。「V ばいい」是尋求指示時使用。

● 仕事はどうすればいいですか。（工作該怎麼辦才好？）

選項3： 向輩份比自己高的人請託、提議時，可以用「よろしければ～」開頭，表達客氣委婉的語氣。「V ましょう」表示提議做某動作。

N4 Part 2

問題一	課題理解	▶ 模擬試題 8 回
問題二	重點理解	▶ 模擬試題 12 回
問題三	發話表現	▶ 模擬試題 8 回
問題四	即時應答	▶ 模擬試題 8 回

問題 1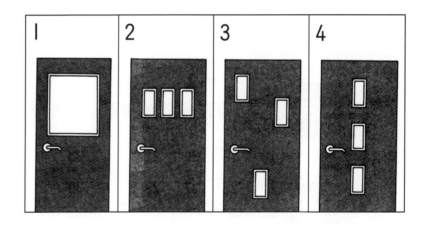

もんだい1では　まず　しつもんを　聞いて　ください。それから　話を
聞いて、もんだいようしの　1から4の　中から、いちばん　いい　ものを
一つ　えらんで　ください。

第一回

1 ばん 042 （一）第 1 回

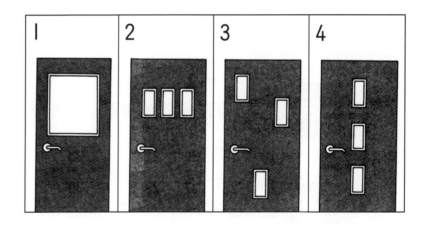

2 ばん 043 （一）第 1 回

1. 太くて青いペン
2. 細くて青いペン
3. 太くて赤いペン
4. 細くて赤いペン

3 ばん 🎧044 （一）第1回

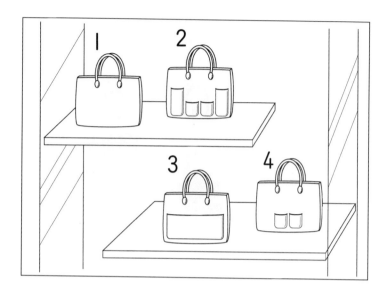

4 ばん 🎧045 （一）第1回

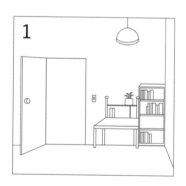
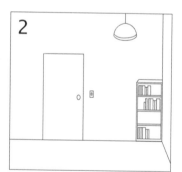
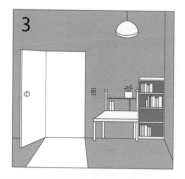
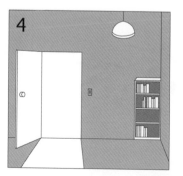

5ばん 🎧046 (一)第1回

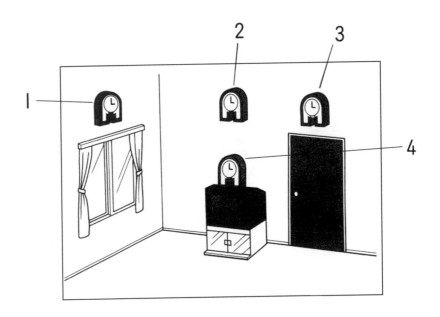

6ばん 🎧047 (一)第1回

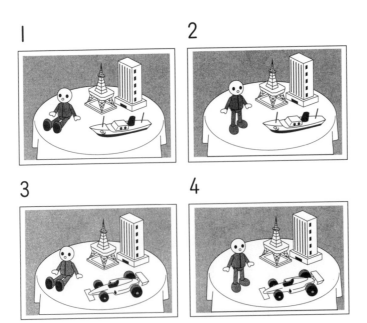

7 ばん 🎧 048 （一）第 1 回

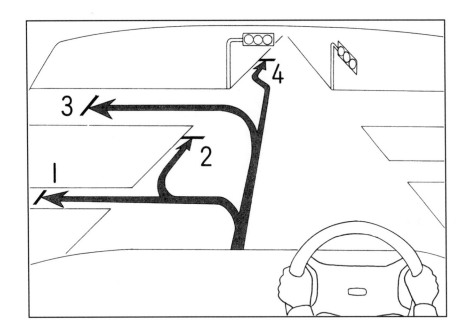

8 ばん 🎧 049 （一）第 1 回

1 ばん 🎧 050 (一) 第2回

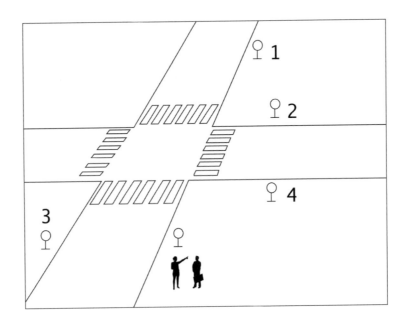

2 ばん 🎧 051 (一) 第2回

1. コピー室で、ノートを探します。

2. コピー室に、ノートを持っていきます。

3. 会議室で、ノートを探します。

4. 会議室に、電話をします。

3ばん 🎧052 （一）第2回

1. 　3時半に、公園の入り口に集まります。

2. 　3時半に、美術館の前に集まります。

3. 　3時に、公園の入り口に集まります。

4. 　3時に、美術館の前に集まります。

4ばん 🎧053 （一）第2回

5 ばん 🎧 054 （一）第 2 回

6 ばん 🎧 055 （一）第 2 回

7 ばん 🎧 056 （一）第 2 回

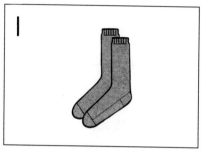

8 ばん 🎧 057 （一）第 2 回

1.　1 冊<ruby>さつ</ruby>です。

2.　2 冊<ruby>さつ</ruby>です。

3.　3 冊<ruby>さつ</ruby>です。

4.　4 冊<ruby>さつ</ruby>です。

第三回

1 ばん 058 （一）第 3 回

1	2
8725 ~~8225~~	*8725* ~~8275~~

3	4
8225 ~~8275~~	*8275* ~~8725~~

2 ばん 059 （一）第 3 回

1.　2台（だい）

2.　3台（だい）

3.　4台（だい）

4.　5台（だい）

3 ばん  ₀₆₀ （一）第 3 回

1 	2 
3 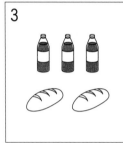	4 

4 ばん ₀₆₁ （一）第 3 回

1.　10 枚です。

2.　20 枚です。

3.　30 枚です。

4.　40 枚です。

5 ばん 062 （一）第 3 回

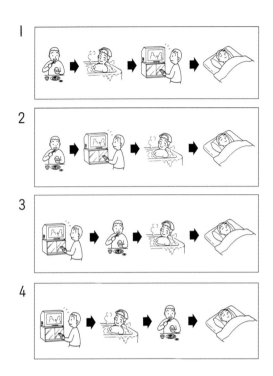

6 ばん 063 （一）第 3 回

1.　　としょかん　　→ スーパー　　　　→ ゆうびんきょく

2.　　としょかん　　→ ゆうびんきょく → スーパー

3.　　ゆうびんきょく → としょかん　　　　→ スーパー

4.　　ゆうびんきょく → スーパー　　　　　→ としょかん

7ばん 🎧 064 (一)第3回

1.　レストランに行^いきます。

2.　デパートに行^いきます。

3.　家^{いえ}に帰^{かえ}ります。

4.　誕生日^{たんじょうび}のパーティーに行^いきます。

8ばん 🎧 065 (一)第3回

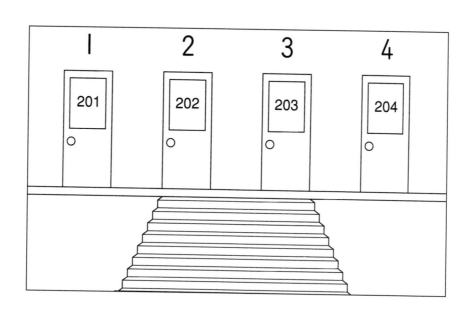

1ばん 🎧066 (一) 第4回

1.　ビデオ → そうじ → 水泳（すいえい） → 食事（しょくじ）

2.　水泳（すいえい） → ビデオ → 食事（しょくじ） → そうじ

3.　水泳（すいえい） → 食事（しょくじ） → ビデオ → そうじ

4.　水泳（すいえい） → ビデオ → そうじ → 食事（しょくじ）

2ばん 🎧067 (一) 第4回

1.　おふろに入（はい）ります。

2.　夕飯（ゆうはん）をつくります。

3.　散歩（さんぽ）します。

4.　女（おんな）の人（ひと）と一緒（いっしょ）に夕食（ゆうしょく）をとります。

3 ばん 🎧068 (一) 第 4 回

1. 朝から会社に来ます。

2. 午前中は休んで午後に来ます。

3. 1日休みます。

4. 会議だけ出ます。

4 ばん 🎧069 (一) 第 4 回

1. 1日2回食事の前に飲みます。

2. 1日2回食事の後に飲みます。

3. 1日3回食事の前に飲みます。

4. 1日3回食事の後に飲みます。

5 ばん 🎧 070 （一）第 4 回

6 ばん 🎧 071 （一）第 4 回

1. 食べもの

2. 食べものとカメラ

3. 食べものとくすり

4. 食べものとテント

7ばん 🎧 072 (一) 第4回

1. 運動会(うんどうかい)はあります。

2. 運動会(うんどうかい)はありません。

3. あるかどうか、10時(じ)までに分(わ)かります。

4. あるかどうか、9時(じ)までに分(わ)かります。

8ばん 🎧 073 (一) 第4回

1. ピアノをひきます。

2. ギターをひきます。

3. 歌(うた)をうたいます。

4. あいさつをします。

1 ばん 🎧 074 (一) 第 5 回

1. バスです。

2. 地下鉄です。

3. タクシーです。

4. 電車です。

2 ばん 🎧 075 (一) 第 5 回

1. タクシーで帰ります。

2. 電車で帰ります。

3. バスで帰ります。

4. 決めていません。

3 ばん 🎧 076 (一) 第 5 回

1. この電車に乗ります。

2. 次の電車に乗ります。

3. 10分後の普通電車に乗ります。

4. 10分後の急行電車に乗ります。

4 ばん 🎧 077 (一) 第 5 回

1. 漫画と卵を買います。

2. 漫画とハンバーグを買います。

3. 卵とハンバーグを買います。

4. 漫画と卵とハンバーグを買います。

1.　女 の人が鈴木先生に渡します。

2.　男 の人が 女 の人に渡します。

3.　男 の人が鈴木先生に渡します。

4.　鈴木先生が 女 の人に渡します。

1.　先生が 1 時に電話をかけます。

2.　先生が 11 時に電話をかけます。

3.　中川さんが 1 時に電話をかけます。

4.　中川さんが 11 時に電話をかけます。

7ばん 🎧080 (一)第5回

1

2

3

4
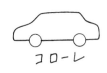

8ばん 🎧081 (一)第5回

1	2
ジュゲーム 午後 ○○市△町123 た なか 田中　ゆみ	ゴジラ 午前 ○○市△町123 田中　ゆみ

3	4
  午後 ○○市△町123 田中　ゆみ	ジュゲーム ○○市△町123 田中　ゆみ

1 ばん 🎧082 (一) 第 6 回

2 ばん 🎧083 (一) 第 6 回

1. 机を並べます。

2. お茶の用意をします。

3. IC レコーダーを持ってきます。

4. ビデオを準備します。

3 ばん 🎧 084 (一) 第 6 回

1.　お弁当_{べんとう}です。

2.　ジュースです。

3.　お菓子_{かし}です。

4.　ノートです。

4 ばん 🎧 085 (一) 第 6 回

1.　3日_{みっか}

2.　6日_{むいか}

3.　7日_{なのか}

4.　8日_{ようか}

5 ばん 🎧 086 （一）第6回

1.　8：00

2.　8：15

3.　8：20

4.　8：30

6 ばん 🎧 087 （一）第6回

1.　お茶を入れます。

2.　お茶を持って来ます。

3.　ケーキを切ります。

4.　ケーキを食べます。

7ばん 🎧088 (一)第6回

1. 1ページから25ページまでです。

2. 10ページから20ページまでです。

3. 10ページから20ページまでと25ページです。

4. 1ページから20ページまでと25ページです。

8ばん 🎧089 (一)第6回

1. 1日に2回食事の前に飲みます。

2. 1日に2回食事の後で飲みます。

3. 1日に3回食事の前に飲みます。

4. 1日に3回食事の後で飲みます。

1 ばん 🎧090 (一) 第7回

1. 東京駅です。

2. 中山駅です。

3. 三浦駅です。

4. 江川駅です。

2 ばん 🎧091 (一) 第7回

1. 本

2. 果物

3. 花

4. 音楽 CD

3 ばん 🎧092 (一) 第 7 回

1. うちを出るときに入れます。

2. あとで入れます。

3. すぐにかばんに入れます。

4. 自分で作って入れます。

4 ばん 🎧093 (一) 第 7 回

1. お菓子を食べることです。

2. 水を飲むことです。

3. 友達と話すことです。

4. 絵に触ることです。

5 ばん 🎧 094 （一）第 7 回

1. ビール

2. すし

3. ケーキ

4. くだもの

6 ばん 🎧 095 （一）第 7 回

1. 9時にホテルの前です。

2. 9時半にホテルの前です。

3. 9時に駅の前です。

4. 9時半に駅の前です。

7 ばん 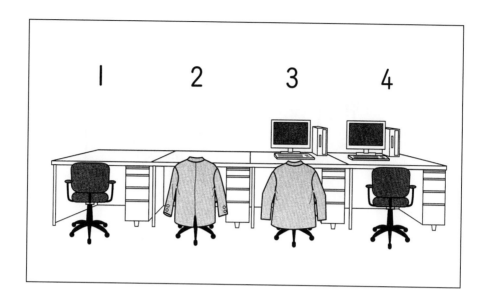 (096) （一）第 7 回

8 ばん (097) （一）第 7 回

1. 応接間（おうせつま）です。

2. 男（おとこ）の子（こ）の部屋（へや）です。

3. 男（おとこ）の子（こ）のお兄（にい）さんの部屋（へや）です。

4. 台所（だいどころ）です。

1 ばん 🎧(098) (一) 第8回

2 ばん 🎧(099) (一) 第8回

1. A グループ

2. B グループ

3. C グループ

4. D グループ

3ばん 🎧100 （一）第8回

1. 2時40分

2. 3時35分

3. 3時38分

4. 3時40分

4ばん 🎧101 （一）第8回

1. 空き缶や瓶を拾います。

2. ごみを袋に入れます。

3. 葉っぱを掃除します。

4. 掃除道具を借ります。

5 ばん 🎧 102 （一）第 8 回

1. 図書館の場所

2. 図書館までの行き方

3. 論文の資料

4. 図書館の休みの日

6 ばん 🎧 103 （一）第 8 回

1. 水曜日の午前です。

2. 水曜日の午後です。

3. 木曜日の午前です。

4. 金曜日の午後です。

7 ばん 🎧104 (一) 第8回

1. 翻訳<ruby>ほんやく</ruby>を作<ruby>つく</ruby>ります。

2. 翻訳<ruby>ほんやく</ruby>を見<ruby>み</ruby>ます。

3. 10 枚<ruby>まい</ruby>コピーします。

4. 12 枚<ruby>まい</ruby>コピーします。

8 ばん 🎧105 (一) 第8回

1. 5 分後<ruby>ふん ご</ruby>

2. 金曜日<ruby>きんようび</ruby>の 10 時<ruby>じ</ruby>

3. 金曜日<ruby>きんようび</ruby>の 9 時<ruby>じ</ruby>

4. 土曜日<ruby>どようび</ruby>の 9 時<ruby>じ</ruby>

問題（二）・重點理解

<ruby>問題<rt>もんだい</rt></ruby>2 🎧106

もんだい2では　まず　しつもんを　<ruby>聞<rt>き</rt></ruby>いて　ください。そのあと、
もんだいようしを　<ruby>見<rt>み</rt></ruby>て　ください。<ruby>読<rt>よ</rt></ruby>む　<ruby>時間<rt>じかん</rt></ruby>が　あります。
それから　<ruby>話<rt>はなし</rt></ruby>を　<ruby>聞<rt>き</rt></ruby>いて、もんだいようしの　1から4の　<ruby>中<rt>なか</rt></ruby>から、
いちばん　いい　ものを　一つえらんで　ください。

第一回

1ばん　🎧107（二）第1回

1. <ruby>値段<rt>ねだん</rt></ruby>
2. <ruby>形<rt>かたち</rt></ruby>
3. <ruby>高<rt>たか</rt></ruby>さ
4. <ruby>色<rt>いろ</rt></ruby>

2ばん　🎧108（二）第1回

1. ありません。
2. 1<ruby>階<rt>かい</rt></ruby>にあります。
3. 3<ruby>階<rt>がい</rt></ruby>にあります。
4. 5<ruby>階<rt>かい</rt></ruby>にあります。

3 ばん 🎧 109 （二）第1回

1. スキー場
じょう
です。

2. 駅
えき
の階段
かいだん
です。

3. 道
みち
です。

4. 家
うち
の中
なか
です。

4 ばん 🎧 110 （二）第1回

1. 図書館
と しょかん
へ行
い
く。

2. 病院
びょういん
へ行
い
く。

3. 美容院
び ょういん
へ行
い
く。

4. 病院
びょういん
と図書館
と しょかん
へ行
い
かない。

5 ばん 🎧⁽¹¹¹⁾（二）第 1 回

1. ビルの前です。

2. ビルの 隣 です。

3. 500 メートル行ったところです。

4. 自分の会社です。

6 ばん 🎧⁽¹¹²⁾（二）第 1 回

1. 本館の 3 階です。

2. 本館の 4 階です。

3. 新館の 4 階です。

4. 新館の 1 階です。

1. 8時半（じはん）から工場（こうじょう）で行（おこな）われます。

2. 8時半（じはん）から事務所（じむしょ）で行（おこな）われます。

3. 9時（じ）から工場（こうじょう）で行（おこな）われます。

4. 9時（じ）から事務所（じむしょ）で行（おこな）われます。

1 ばん 🎧114 (二) 第 2 回

1.　オレンジと青

2.　オレンジときいろ

3.　きいろと青

4.　白ときいろ

2 ばん 🎧115 (二) 第 2 回

1.　若い女の人のスカートが短くなったからです。

2.　学生が短いスカートをはいているからです。

3.　昔から短いスカートがあったからです。

4.　鈴木さんも昔短いスカートをはいていたからです。

3 ばん 🎧 116 （二）第 2 回

1. パーティーの 準備<ruby>じゅんび</ruby>をしていないからです。

2. 妹<ruby>いもうと</ruby>さんが来<ruby>き</ruby>たからです。

3. 急<ruby>きゅう</ruby>に休<ruby>やす</ruby>みたいと言<ruby>い</ruby>ったからです。

4. 道<ruby>みち</ruby>がよくわからないからです。

4 ばん 🎧 117 （二）第 2 回

1. 経験<ruby>けいけん</ruby>があって厳<ruby>きび</ruby>しい先生<ruby>せんせい</ruby>です。

2. 経験<ruby>けいけん</ruby>があってやさしい先生<ruby>せんせい</ruby>です。

3. 若<ruby>わか</ruby>くて厳<ruby>きび</ruby>しい先生<ruby>せんせい</ruby>です。

4. 若<ruby>わか</ruby>くてやさしい先生<ruby>せんせい</ruby>です。

5 ばん 🎧118 (二) 第2回

1. 男の人はいいと思っています。

2. 女の人はいいと思っています。

3. 男の人も女の人もいいと思っています。

4. 男の人も女の人もよくないと思っています。

6 ばん 🎧119 (二) 第2回

1. 4時半

2. 5時

3. 6時半

4. 7時

7 ばん （二）第 2 回

1.　1：15

2.　1：25

3.　1：30

4.　1：45

1 ばん 🎧⁽¹²¹⁾ (二) 第 3 回

1.　午前 8 時 50 分

2.　午後 8 時 50 分

3.　午前 8 時 15 分

4.　午後 8 時 15 分

2 ばん 🎧⁽¹²²⁾ (二) 第 3 回

1.　1 日です。

2.　2 日です。

3.　3 日です。

4.　休みはありません。

3 ばん 🎧123 （二）第 3 回

1. 火曜日
   <small>かようび</small>

2. 水曜日
   <small>すいようび</small>

3. 木曜日
   <small>もくようび</small>

4. 金曜日
   <small>きんようび</small>

4 ばん 🎧124 （二）第 3 回

1. 土曜日に東京に着きます。

2. 土曜日に大阪に着きます。

3. 日曜日に東京に着きます。

4. 日曜日に大阪に着きます。

5ばん 🎧 125 （二）第3回

1.　4日です。
　　 <ruby>よっ<rt></rt></ruby><ruby>か<rt></rt></ruby>

2.　7日です。
　　 <ruby>なの<rt></rt></ruby><ruby>か<rt></rt></ruby>

3.　8日です。
　　 <ruby>よう<rt></rt></ruby><ruby>か<rt></rt></ruby>

4.　10日です。
　　 <ruby>とう<rt></rt></ruby><ruby>か<rt></rt></ruby>

6ばん 🎧 126 （二）第3回

1.　3日前です。
　　 みっ かまえ

2.　おとといです。

3.　昨日です。
　　 きのう

4.　今日です。
　　 きょう

110

1. 4時です。

2. 5時です。

3. 6時です。

4. 7時です。

1 ばん 🎧128 (二) 第4回

1. 駅の入口です。

2. 切符売り場です。

3. 電車の中です。

4. バスのところです。

2 ばん 🎧129 (二) 第4回

1. 喫茶店の中です。

2. 映画館の前です。

3. 駅の中です。

4. 駅の前です。

3 ばん 🎧130 （二）第 4 回

1. 3<ruby>千円<rt>ぜんえん</rt></ruby>です。

2. 6<ruby>千円<rt>せんえん</rt></ruby>です。

3. 8<ruby>千円<rt>せんえん</rt></ruby>です。

4. 1<ruby>万円<rt>まんえん</rt></ruby>です。

4 ばん 🎧131 （二）第 4 回

1. 2<ruby>人<rt>ふたり</rt></ruby>です。

2. 3<ruby>人<rt>にん</rt></ruby>です。

3. 4<ruby>人<rt>にん</rt></ruby>です。

4. 5<ruby>人<rt>にん</rt></ruby>です。

5 ばん 🎧 132 (二) 第4回

1. 20 円です。

2. 100 円です。

3. 120 円です。

4. 300 円です。

6 ばん 🎧 133 (二) 第4回

1. 10 人

2. 20 人

3. 30 人

4. 40 人

1.　3年<ruby>年<rt>ねん</rt></ruby>

2.　4年<ruby>年<rt>ねん</rt></ruby>

3.　7年<ruby>年<rt>ねん</rt></ruby>

4.　9年<ruby>年<rt>ねん</rt></ruby>

1 ばん 🎧 135 (二) 第 5 回

1. 食事
しょく じ

2. 走る
はし

3. 柔道
じゅう どう

4. 掃除
そう じ

2 ばん 🎧 136 (二) 第 5 回

1. トイレです。

2. 玄関です。
げんかん

3. 台所です。
だいどころ

4. 庭です。
にわ

3 ばん 🎧 137 （二）第 5 回

1.　体の具合が悪いからです。

2.　遅くまで仕事をしているからです。

3.　お酒を飲みすぎるからです。

4.　子供に起こされるからです。

4 ばん 🎧 138 （二）第 5 回

1.　走ってもいいし、泳いでもいいです。

2.　走ってはいけませんが、泳いでもいいです。

3.　走ってもいいですが、泳いではいけません。

4.　走ってもいけないし、泳いでもいけません。

5 ばん 🎧139 (二) 第 5 回

1.　ひろしさんが手にけがをしました。

2.　ひろしさんが足にけがをしました。

3.　ひろしさんの奥さんが手にけがをしました。

4.　ひろしさんの奥さんが足にけがをしました。

6 ばん 🎧140 (二) 第 5 回

1.　頭が痛いですが、熱はありません。

2.　頭が痛くて、熱もあります。

3.　おなかが痛いですが、熱はありません。

4.　おなかが痛くて、熱もあります。

1. 雪のためです。

2. 火事のためです。

3. 地震のためです。

4. 台風のためです。

1 ばん 🎧 142 （二）第6回

1. おいしいからです。

2. 安_{やす}いからです。

3. 暇_{ひま}だからです。

4. 楽_{たの}しいからです。

2 ばん 🎧 143 （二）第6回

1. 野菜_{やさい}です。

2. ケーキです。

3. アイスクリームです。

4. 辛_{から}いものです。

3 ばん 🎧 144 （二）第6回

1. きのう、カレーを食べたからです。

2. 今晩、カレーを食べるからです。

3. カレーが嫌いだからです。

4. カレーが辛いからです。

4 ばん 🎧 145 （二）第6回

1. おなかが痛いからです。

2. 嫌いな料理だからです。

3. 料理が甘いからです。

4. お菓子を食べたからです。

5 ばん 🎧146 (二) 第6回

1. さかな1回、にく2回、やさい3回

2. さかな2回、にく1回、やさい3回

3. さかな3回、にく1回、やさい3回

4. さかな3回、にく2回、やさい1回

6 ばん 🎧147 (二) 第6回

1. 時計とカレンダー

2. カレンダーと鳥の絵

3. 時計と人形

4. 鳥の絵と人形

7 ばん 🎧 148 (二）第 6 回

1. ネクタイ

2. くつした

3. コンピューター

4. かばん

1 ばん 🎧 149 (二) 第 7 回

1. くつした

2. ネクタイ

3. ワイシャツ

4. くつしたとネクタイ

2 ばん 🎧 150 (二) 第 7 回

1. 車の鍵をなくしたからです。

2. 傘をなくしたからです。

3. かばんがないからです。

4. 傘が一本しかないからです。

３ばん 🎧151 (二) 第7回

1. 海_{うみ}です。

2. 山_{やま}です。

3. デパートです。

4. 川_{かわ}です。

４ばん 🎧152 (二) 第7回

1. スケートをします。

2. スキーをします。

3. スケートもスキーもします。

4. スケートもスキーもしません。

5 ばん 🎧 153 (二) 第 7 回

1. テニス

2. マラソン

3. サッカー

4. 水泳 (すいえい)

6 ばん 🎧 154 (二) 第 7 回

1. 映画(えいが)を見(み)に行(い)きます。

2. すぐうちへ帰(かえ)ります。

3. うちで、夕飯(ゆうはん)を食(た)べます。

4. うちで、映画(えいが)を見(み)ます。

1. 走^{はし}ってから泳^{およ}ぎます

2. 泳^{およ}いでから走^{はし}ります

3. 泳^{およ}いでからテニスをします

4. テニスをしてから走^{はし}ります

1 ばん 🎧156 (二) 第8回

1. スポーツが好きな男の子です。

2. スポーツが好きな女の子です。

3. 料理が好きな男の子です。

4. 料理が好きな女の子です。

2 ばん 🎧157 (二) 第8回

1. ピアノを弾きます。

2. 歌を歌います。

3. ギターを弾きます。

4. 踊りを踊ります。

3 ばん 🎧 158 （二）第 8 回

1. いつもよりうるさかったです。

2. いつものようにうるさかったです。

3. いつもより静_{しず}かでした。

4. いつものように静_{しず}かでした。

4 ばん 🎧 159 （二）第 8 回

1. 2人_{ふたり}で一緒_{いっしょ}に勉強_{べんきょう}してはいけません。

2. 2つ_{ふた}のことを一緒_{いっしょ}にしてはいけません。

3. 勉強_{べんきょう}ばかりしてはいけません。

4. テレビばかり見_みてはいけません。

5ばん 🎧160 （二）第8回

1. 洗^{せん}たく

2. そうじ

3. 食^{しょっ}器^きを洗^{あら}うこと

4. 勉^{べん}強^{きょう}

6ばん 🎧161 （二）第8回

1. 料^{りょう}理^りをしました。

2. 掃^{そう}除^じをしました。

3. 洗^{せん}濯^{たく}をしました。

4. 入^{にゅう}院^{いん}しました。

1. 曇(くも)っている。

2. 雨(あめ)が強(つよ)く降(ふ)っている。

3. 雨(あめ)が少(すこ)し降(ふ)っている。

4. 晴(は)れている。

1 ばん 🎧 163 (二) 第 9 回

1. アルバイト代が高ければ、遠くてもいいです。

2. アルバイト代が安くてもいいです。

3. ケーキ屋さんがいいです。

4. 時間はいつでもいいです。

2 ばん 🎧 164 (二) 第 9 回

1. 声が悪いからです。

2. 発音がはっきりしていないからです。

3. かわいくないからです。

4. はやく話せないからです。

３ばん 🎧165 (二) 第9回

1. 医者です。

2. 大学の先生です。

3. 高校の先生です。

4. 大学生です。

４ばん 🎧166 (二) 第9回

1. 電車に乗りました。

2. 電車を長く待ちました。

3. バスに乗りました。

4. バスを長く待ちました。

5 ばん 🎧 167 (二) 第9回

1. 車で来ました

2. 自転車で来ました

3. 歩いて来ました

4. バスで来ました

6 ばん 🎧 168 (二) 第9回

1. まだ大きいからです。

2. きれいに写らないからです。

3. 値段が高いからです。

4. まだ使うのが難しいからです。

1. 女性が子供のために買います。

2. 女性が自分のために買います。

3. 男性が子供のために買います。

4. 男性が自分のために買います。

1 ばん 🎧170 (二) 第 10 回

1. 読みやすくて楽しい本です。

2. まじめで難しい本です。

3. 小さくて重くない本です。

4. 大きくて重い本です。

2 ばん 🎧171 (二) 第 10 回

1. 値段が安くなって、簡単になります。

2. 値段が安くなって、小さくなります。

3. 値段が高くなって、小さくなります。

4. 値段が高くなって、簡単になります。

3 ばん 🎧172 （二）第 10 回

1. 誕生日（たんじょうび）だからです。

2. クリスマスだからです。

3. 女（おんな）の人（ひと）に読（よ）ませたいからです。

4. 女（おんな）の人（ひと）が頼（たの）んだからです。

4 ばん 🎧173 （二）第 10 回

1. おじいさん

2. 祖母（そぼ）

3. 母（はは）

4. お姉（ねえ）さん

5 ばん 🎧 174 （二）第 10 回

1. この 男 の 人の友だちです。

2. この 女 の 人の友だちです。

3. この 男 の 人です。

4. この 女 の 人です。

6 ばん 🎧 175 （二）第 10 回

1. この 女 の 人です。

2. この 女 の 人のお母さんです。

3. この 女 の 人の叔母さんです。

4. この 女 の 人のおばあさんです。

1. 「東京みなとホテル」

2. 「とうきょうみなとほてる」

3. 「東京みなとほてる」

4. 「とうきょうみなとホテル」

1 ばん 🎧177 (二) 第 11 回

1. 親切だからいいと言っています。

2. 必要がないからやめてほしいと言っています。

3. 安全のために続けてほしいと言っています。

4. もっと聞きやすくしてほしいと言っています。

2 ばん 🎧178 (二) 第 11 回

1. プールで泳ぎます。

2. 歌を練習します。

3. 本を買いに行きます。

4. テニスの試合を見ます。

3 ばん 🎧179 (二) 第11回

1. 子供たちの学校の先生と話をします。

2. ガス代などを払いに行きます。

3. ご近所のあいさつに行きます。

4. 荷物の片付けをします。

4 ばん 🎧180 (二) 第11回

1. ここにいます。

2. 会社に帰ります。

3. 家に帰ります。

4. 食事をします。

5 ばん 🎧181 (二) 第11回

1. ビールです。

2. お弁当です。
   <small>べんとう</small>

3. お菓子です。
   <small>か し</small>

4. カメラです。

6 ばん 🎧182 (二) 第11回

1. 男の人です。
   <small>おとこ ひと</small>

2. 男の人の妹さんです。
   <small>おとこ ひと いもうと</small>

3. 男の人と妹さんです。
   <small>おとこ ひと いもうと</small>

4. 男の人も妹さんも行きませんでした。
   <small>おとこ ひと いもうと い</small>

1. 何^{なん}でも食^たべるからです。

2. 静^{しず}かだからです。

3. 物^{もの}を噛^かまないからです。

4. 体^{からだ}が丈夫^{じょうぶ}だからです。

1 ばん 🎧 184 (二) 第 12 回

1. 人が多くなりました。

2. 店が多くなりました。

3. 若い人が少なくなりました。

4. 年をとった人が少なくなりました。

2 ばん 🎧 185 (二) 第 12 回

1. 春です。

2. 夏です。

3. 秋です。

4. 冬です。

3ばん 🎧186 (二) 第12回

1. 雨が降っています。

2. 曇っています。

3. 晴れています。

4. 雪が降っています。

4ばん 🎧187 (二) 第12回

1. 高い階の部屋だから。

2. 値段が高すぎるから。

3. 歩くのが大変だから。

4. 近くに学校がないから。

1. 映画館の前です。

2. デパートの前です。

3. 映画館の中のスクリーンの前です。

4. デパートの中のスクリーンの前です。

1. 食堂

2. コンビニ

3. 教室

4. 喫茶店

1. 事務所に行く

2. 先生に会いに行く

3. 会話クラスに行く

4. 501 教室に行く

問題（三）・發話表現

問題3 🎧 191

もんだい3では、えを　見ながら　しつもんを　聞いて　ください。
➡（やじるし）の　人は　何と　言いますか。　1から3の　中から、いちばん　いい　ものを　一つ　えらんで　ください。

第一回

1 ばん 🎧 192 （三）第1回

2 ばん 🎧 193 （三）第1回

3 ばん  🎧 194 (三)第 1 回

4 ばん 🎧 195 (三)第 1 回

考題・㈢ 發話表現　第一回

5 ばん  🎧196 (三) 第 1 回

1 ばん 🎧197 (三) 第2回

2 ばん 🎧198 (三) 第2回

3 ばん 🎧 199 (三) 第 2 回

4 ばん 🎧 200 (三) 第 2 回

1 ばん 🎧 202 (三) 第3回

2 ばん 🎧 203 (三) 第3回

３ばん 🎧(204) (三)第 3 回

４ばん 🎧(205) (三)第 3 回

考題・㈢ 發話表現　第三回

1 ばん 🎧207 （三）第 4 回

2 ばん 🎧208 （三）第 4 回

3 ばん 🎧⟨209⟩ （三）第 4 回

4 ばん 🎧⟨210⟩ （三）第 4 回

第五回

1 ばん 🎧212 （三）第5回

2 ばん 🎧213 （三）第5回

3 ばん （三）第 5 回

4 ばん （三）第 5 回

5 ばん  216 （三）第 5 回

1 ばん  （三）第 6 回

2 ばん 218 （三）第 6 回

3 ばん 🎧219 （三）第 6 回

4 ばん 🎧220 （三）第 6 回

1 ばん 🎧222 （三）第7回

2 ばん 🎧223 （三）第7回

3 ばん 🎧 224 (三)第 7 回

4 ばん 🎧 225 (三)第 7 回

考題・㈢ 發話表現 第七回

5 ばん 🎧 ²²⁶ (三) 第 7 回

1 ばん 🎧 227 （三）第 8 回

2 ばん 🎧 228 （三）第 8 回

3 ばん 🎧229 (三) 第8回

4 ばん 🎧230 (三) 第8回

問題（四）・即時應答

問題4 🎧232

もんだい4では、えなどが ありません。まず ぶんを 聞いて
ください。それから、そのへんじを 聞いて、1から3の 中から、いちばん
いい ものを 一つ えらんで ください。

| 第一回 | （1 ばん〜 8 ばん： 🎧233 〜 🎧240） |

| 第二回 | （1 ばん〜 8 ばん： 🎧241 〜 🎧248） |

| 第三回 | （1 ばん〜 8 ばん： 🎧249 〜 🎧256） |

| 第四回 | （1 ばん〜 8 ばん： 🎧257 〜 🎧264） |

| 第五回 | （1 ばん〜 8 ばん： 🎧265 〜 🎧272） |

| 第六回 | （1 ばん〜 8 ばん： 🎧273 〜 🎧280） |

| 第七回 | （1 ばん〜 8 ばん： 🎧281 〜 🎧288） |

| 第八回 | （1 ばん〜 8 ばん： 🎧289 〜 🎧296） |

スクリプト

(一) 課題理解・第一回

1ばん 🎧042 (一)第1回 P.68

男の人と女の人が話しています。新しい家につけるドアは、どれにしますか。

M：今度建てる家の玄関のドアなんだけど、これはどう？大きいガラスの窓のついているの。

F：明るくていいけど、窓が大きすぎると、少し弱くなるんじゃない。それより、その小さい窓が3つ並んでいるのはどう？

M：そうだね。でも、まっすぐ並べてあるのじゃなくて、このいろいろなところについているのはどうかな。

F：うーん、おもしろいわね。そうしましょう。

M：じゃ、これを頼んでおくよ。

新しい家につけるドアは、どれにしますか。

男女兩人正在交談。裝設在新家的門他們選哪一扇？

男：這次新建的房子的玄關門要選哪一扇？這一扇如何？上面有一個大型玻璃窗。

女：感覺很明亮是還不錯啦！可是窗戶太大會不太堅固吧？比起這扇，你覺得那扇上面有三個小窗子的門如何？

男：唔…。不過不要直排的，另外這種窗子散在不同地方的，妳覺得如何？

女：嗯，這扇設計挺有趣的。就選這一扇吧！

男：那我就訂這扇囉！

裝設在新家的門他們選哪一扇？

2ばん 🎧043 (一)第1回 P.68

店で男の人と女の人が話しています。男の人はどのペンを買いますか。

F：どんなペンがいいですか。

M：太くないの。細いのがいいな。

F：色はどうしますか。

M：青。いや、やっぱり赤をください。

男の人はどのペンを買いますか。

男女兩人正在店裡交談。男人買哪一枝筆？

女：哪一枝筆好呢？
男：不要太粗的。細一點的比較好。
女：那要什麼顏色？
男：藍色。不要，還是紅色好了。

男人買哪一枝筆？

1. 粗的藍筆 　　　　2. 細的藍筆
3. 粗的紅筆 　　　　4. 細的紅筆

3ばん 🎧044 （一）第1回 P.69

女の人と男の人が話しています。女の人はどのかばんを買いますか。

F ：ねえ、このかばん、外側にポケットがたくさんあって便利そうね。

M ：どこに何を入れたか忘れてしまうよ。外側のポケットは1つか2つあればいいんだよ。

F ：そうね。じゃあ、これか、これね。このポケットは大きいからたくさん入るわね。

M ：でも、入れすぎて中のものが見つけにくいかもしれない。

F ：そうね。決めた。こっちにする。

女の人はどのかばんを買いますか。

4ばん 🎧045 （一）第1回 P.69

男の人と女の人が話しています。男の人はこのあと部屋をどのようにしますか。

M ：奥さま、机と本棚はどうします？

F ：机はドアを入ったところ。それから、本棚はその隣に置いてもらえますか。

M ：はい、こうですね。…それでは、このごみを外に捨てて、今日は帰りますね。

F ：お願いします。お疲れさまでした。

M ：あっ、最後に、ドアを閉めましょうか。

F ：いえ、開けておいてください。でも、電気は消していきましょう。

M ：はい、わかりました。

男の人はこのあと部屋をどのようにしますか。

男女兩人正在交談。女人買哪一個包包？

女：這個包包外面有很多口袋，好像很方便耶。

男：這樣會忘記把東西放在哪裡啦！包包外面的口袋只要有1、2個就夠了。

女：也是啦！那這個呢？這個包包的口袋很大，可以裝很多東西。

男：可是東西放太多可能會很難找喔！

女：也對。我決定了，就買這個。

女人買哪一個包包？

男女兩人正在交談。男人之後把這個房間處理成怎麼樣？

男：太太，書桌和書架要放哪？

女：書桌放在進門的地方，然後書架放在它旁邊。

男：好，這樣對吧！那麼這個垃圾我拿到外面丟，今天我就回去了。

女：麻煩了，您辛苦了。

男：啊！最後門要關起來嗎？
女：不，門就開著，不過把電燈關掉吧！
男：好的，我知道了。

男人之後把這個房間處理成怎麼樣？

5ばん 🎧046 （一）第1回 P.70

男の人と女の人が話しています。二人はどこに時計をかけますか。

M：ほら、新しい時計を買ってきたよ。どこにかけようか。

F：そうね、テレビの上のほうは？

M：うーん、あの窓のところがいいんじゃない？

F：ええーっ、やっぱりテレビの上にかけましょうよ。

M：ねえ、ドアのところは？

F：落ちてきたら、危ないわよ。

M：それもそうだね。分かった。じゃあ、そうしよう。

二人はどこに時計をかけますか。

男女兩人正在交談。兩人欲將時鐘掛在何處？

男：妳看，我去買了一個新時鐘。要掛在哪裡呢？
女：嗯……，掛在電視機上面如何？
男：唔，掛在窗戶的地方也不錯。
女：是啊！還是掛在電視機上面啦！
男：還是掛在門上？
女：掉下來很危險的。
男：說的也是。我知道了。那就掛那裡吧！

兩人欲將時鐘掛在何處？

6ばん 🎧047 （一）第1回 P.70

女の人と男の人が話しています。男の人はどんな写真を撮りますか。

F：テーブルに物を並べて何してるんですか。

M：写真を撮ろうと思っているんです。うーん、なんか変だなあ。

F：じゃあ、船を車に替えたらどうですか。

M：そうですね。車のほうがかっこいいかもしれない。そして……、あ、ここに人形を座らせると、どうかな。

F：え？それより立たせたほうがいいですよ。

M：あ、そうですね！いいですねえ！これだ！

男の人はどんな写真を撮りますか。

男女兩人正在交談。男人拍了怎樣的照片？

女：你在餐桌上擺這些東西要做什麼啊？
男：我想拍照。唔……，總覺得哪裡怪怪的。
女：把船改成車子如何？
男：嗯，換成車子可能會比較好看。並且，在這裡放個人偶，讓它坐著，不知道好不好看？
女：咦？讓人偶站著比較好喔！
男：嗯，不錯！就是這樣！

男人拍了怎樣的照片？

176

7ばん 🎧048 (一) 第1回 P.71

女の人がタクシーに乗っています。タクシーはどこで止まりますか。

F：すみません、次の角を左に曲がってください。

M：はい。あの信号のところですね。

F：いいえ、信号のすこし前に細い道があるんですけど。

M：ああ、あの道は今の時間は入れませんよ。

F：あら、そう。じゃ、その先の信号の手前で止めてください。

M：はい。

タクシーはどこで止まりますか。

女人正在搭計程車。計程車要在哪裡停車呢？

女：不好意思，請你在下一個轉角左轉。
男：好的。在那個紅綠燈的地方對吧？
女：不是，在紅綠燈前面一點的地方有條小路。
男：現在這個時間，那條路不能進去喔！
女：哎呀！這樣喔！那就請你在那紅綠燈之前停車。
男：好的。

計程車要在哪裡停車呢？

8ばん 🎧049 (一) 第1回 P.71

男の人と女の人が話しています。男の人は、このあとどこへ行きますか。

M：すみません、東ホテルへ行きたいんですが、どこですか。

F：この先2本目を左に入って3軒目ですよ。

M：あの大きい通りですか。

F：いいえ、あれは3本目。間に狭い道があるんです。

M：そうですか。どうも。

男の人は、このあとどこへ行きますか。

男女兩人正在交談。男人之後去哪裡？

男：不好意思，我想去東飯店，請問在哪裡？
女：前面第二條路左轉第三間就是了。
男：那條大馬路嗎？
女：不是，那是第三條路。中間有一條小路。
男：原來是這樣。謝謝。

男人之後去哪裡？

1 ばん 🎧 050 （一）第 2 回　P.72

男の人が道を聞いています。男の人はどこでバスに乗りますか。

M：あのう、すみません。

F：はい。

M：東京美術館に行くバスはここですか。

F：東京美術館？ああ、ここではなくて、この先です。この通りを行くと、交差点がありますから、まっすぐそこを渡って、右に行ったらすぐです。

M：ありがとうございます。

男の人はどこでバスに乗りますか。

男士在問路，男士要在哪裡搭公車？

男：不好意思，請問。
女：是。
男：去東京美術館的公車是在這裡搭？
女：東京美術館？啊，不是這裡，是在這前面。順著這條路走，有十字路口，你直接過馬路，往右走馬上就到了。
男：謝謝。

男士要在哪裡搭公車？

2 ばん 🎧 051 （一）第 2 回　P.72

男の人と女の人が電話で話しています。女の人はこのあとすぐ、何をしなければなりませんか。

M：もしもし、山田だけど…。

F：あ、課長。

M：僕の机の上に青いノートがある？

F：青いノートですか…。いいえ、ありませんが。

M：あ、やっぱり。コピー室に置いたままだ。悪いけど、コピー室に行って、ノート、あるかどうか見てきてくれる？

F：はい。

M：で、あったら、すぐ会議室に持ってきてください。

F：はい。分かりました。

M：もしなかったら、会議室に電話してくれる？急いでね。

女の人はこのあとすぐ、何をしなければなりませんか。

男女兩人正在講電話。女人之後必須馬上做什麼？

男：喂，我是山田……。
女：啊！課長。
男：我的桌子上有一本藍色的筆記本嗎？
女：藍色的筆記本啊……？沒有耶。

男：啊！果然沒有。我放在影印室了。不好意思，妳可以幫我到影印室看一下有沒有筆記本嗎？

女：好。

男：有的話，請妳馬上幫我拿到會議室來。

女：好的，我知道了。

男：如果沒有的話，可以打通電話到會議室來嗎？快一點喔！

女人之後必須馬上做什麼？

1. 在影印室找筆記本。
2. 拿筆記本到影印室。
3. 到會議室找筆記本。
4. 打電話到會議室。

點半在公園的入口集合。記得是 3 點半喔！不過如果下雨的話，就提早 30 分鐘集合。而且集合地點不在公園門口，而是在那間美術館前面。這樣知道了嗎？

下雨的話必須怎麼做？

1. 三點半在公園入口集合。
2. 三點半在美術館前面集合。
3. 三點在公園入口集合。
4. 三點在美術館前面集合。

3 ばん 〔052〕 (一) 第 2 回 P.73

女の人が話しています。雨が降ったらどうしなければいけませんか。

F：それでは、今から自由に過ごしてください。帰りですが、3時半に公園の入り口に集まってください。3時半ですよ。でも、もし雨が降ったら30分早く集まることにします。それから、公園の入り口じゃなくて、あの美術館の前に集まってください。いいですね。

雨が降ったらどうしなければいけませんか。

女人正在說話。下雨的話必須怎麼做？

女：那麼從現在開始自由活動。回程時，請3

4 ばん 〔053〕 (一) 第 2 回 P.73

男の人が説明しています。男の人は、どんな写真を撮りますか。

M：はい、では女の人は、右足をまっすぐ横にあげてください。まっすぐ、そのまま。次は右腕を上に高く上げてください。足と同じほうの腕ですよ。それから、左腕をまっすぐ横にします。はい、ではそのままで、次は男の人。オートバイは降りなくていいです。眼鏡もかけていたほうがかっこいいし。うん、いいですね。では、撮るよ。

男の人は、どんな写真を撮りますか。

男人正在進行說明。男人要拍怎樣的照片？

男：那麼女士請將右腳往旁邊打開。腳打直，維持這個姿勢。接下來請將右手手臂往上舉高，是和腳同一邊的手臂喔！然後將左

179

手手臂筆直的橫擺。很好，就保持這樣。
接下來是男士，可以坐在機車上，眼鏡戴
著比較好看。可以了嗎？要拍囉。

男人要拍怎樣的照片？

5 ばん　🎧 054 （一）第 2 回　P.74

お母さんと子どもが話していま
す。子どもはどんな格好で出かけ
ますか。

F1：みっちゃん、今日は寒いか
　　ら、暖かい服を着なさい
　　ね。

F2：はーい。

F1：あら、だめよ。そんな短い
　　スカートは。ズボンを穿きな
　　さい。

F2：えー？ズボンはきらい！

F1：じゃ、長いスカートにしなさ
　　い。

F2：長いスカートはかわいくはな
　　いから、いや！

F1：じゃ、スカートはそれでいい
　　から、靴下はもうちょっと長
　　いのにしなさいよ。

F2：えー、わかった。

子どもはどんな格好で出かけます
か。

媽媽和小孩子正在講話。小孩子出門的裝扮為
何？

女1：小美，今天很冷喔！要穿得暖和一點。
女2：好。
女1：不行穿那麼短的裙子啦！把褲子穿上。
女2：我討厭穿褲子。
女1：那穿長的裙子。
女2：長裙一點都不可愛，我不要穿。
女1：那可以穿短裙，不過襪子要穿長一點
　　　的。
女2：喔！我知道了。

小孩子出門的裝扮為何？

6 ばん　🎧 055 （一）第 2 回　P.74

先生が生徒に説明しています。
明日はどんな服を着て行ってはい
けませんか。

F ：みなさん、明日は山に行きま
　　すね。だから長いズボンと
　　シャツにしてください。でも
　　暑いのでシャツは短くても
　　いいです。女の子も必ずズ
　　ボンにしてくださいね。

明日はどんな服を着て行ってはい
けませんか。

老師正在和學生做說明。明天不能穿什麼衣服
去？

女：各位同學，我們明天要去爬山。請大家穿
　　長褲和Ｔ恤。不過由於天氣炎熱，因此
　　穿短袖Ｔ恤亦可。女生也請務必穿著長
　　褲。

明天不能穿什麼衣服去？

7ばん 🎧 056 （一）第2回 P.75

お母さんと娘がデパートで話しています。2人は何を買いますか。

F1：ねえ、父の日のプレゼント、これどう？

F2：お父さんはこんな色のはしないと思うよ。

F1：でも、茶色の背広をよく着るでしょ？白いシャツの上にこれを締めて、茶色の背広を着るとかっこいいよ。

F2：そうねー。いいかもしれないわね。じゃあ、これにするわ。

2人は何を買いますか。

媽媽和女兒正在百貨公司講話。兩人買什麼呢？

女1：父親節禮物，送這個如何？
女2：我覺得爸爸不會選這個顏色耶。
女1：可是，他常常穿咖啡色的西裝吧？白襯衫上打上這個，再穿上咖啡色西裝，這樣很好看耶。
女2：對耶。可能還不錯。那麼就決定這個囉！

兩人買什麼呢？

8ばん 🎧 057 （一）第2回 P.75

先生と学生が話しています。男の人は何冊、本を買わなければなりませんか。

F：今度までにこの4冊の本を読んでおいてくださいね。

M：4冊全部買うんですか。

F：そうですね。これとこれは図書館にありますから、借りてください。それから、この小さい本は買ったほうがいいですね。これからずっと使いますから。

M：はい。

F：後1冊は私のを貸してあげましょう。

M：ありがとうございます。じゃ、お願いします。

男の人は何冊、本を買わなければなりませんか。

老師和學生正在交談。男人必須買幾本書？

女：在下次之前請你先讀完這4本書喔！
男：這4本全部都要買嗎？
女：唔，這兩本圖書館有，請你跟圖書館借閱。然後這本小本的書，會一直用到它，所以還是用買的比較好。
男：好的。
女：剩下的那一本，我就把我的借給你吧！
男：謝謝。那就麻煩您了。

男人必須買幾本書？
1.1 本。　2.2 本。　3.3 本。　4.4 本。

(一) 課題理解・第三回

1 ばん 🎧058 (一) 第 3 回　P. 76

男(おとこ)の人(ひと)が電話(でんわ)で女(おんな)の人(ひと)に正(ただ)しい番号(ばんごう)を話(はな)しています。女(おんな)の人(ひと)は番号(ばんごう)をどう直(なお)しますか。

M：すみません、3 ページの番号(ばんごう)ですが…。

F ：はい。8275 と書(か)いてありますよ。

M：それ、直(なお)してほしいんです。

F ：はい。

M：正(ただ)しいのは 8725 なんです。

F ：え 822…。

M：いいえ。8725。

F ：ああ、2 と 7 が違(ちが)うんですね。

M：ええ。

女(おんな)の人(ひと)は番号(ばんごう)をどう直(なお)しますか。

男人正在電話中告訴女人正確的號碼。女人要怎麼修改號碼？

男：不好意思，關於第三頁的號碼……。
女：是的。上面寫著 8275。
男：我想請妳修改一下。
女：好的。

男：正確的號碼是 8725。
女：唔，822……。
男：不是，是 8725。
女：喔！2 和 7 的地方錯了。
男：對。

女人要怎麼修改號碼？

2 ばん 🎧059 (一) 第 3 回　P. 76

タクシーを呼(よ)ぶ相談(そうだん)をしています。タクシーは何台(なんだい)呼(よ)びますか。

M：楽(たの)しいパーティーだったね。

F1：そうね。

F2：ほんと。

M：電話(でんわ)でタクシー呼(よ)ぼうか。

F1：そうね。

M：えーっと、9 人(にん)だからタクシーは。

F1：2 台(だい)じゃ無理(むり)よね。

M：そうだね。1 台(だい)に 5 人(にん)は乗(の)れないもんね。えーと、みんな駅(えき)までででしょ？

F2：あの、私(わたし)と主人(しゅじん)は反対(はんたい)の方(ほう)なんですけど。

M：じゃあ、もう 1 台(だい)か。

F1：でもお 2 人(ふたり)が 1 台(だい)に乗(の)って、あと 7 人(にん)だから、4 人(にん)と 3 人(にん)でいいんじゃない？

M：ああ、そうだね。そうしよう。

タクシーは何台(なんだい)呼(よ)びますか。

男女正在討論叫計程車。要叫幾台計程車呢？

男：今天的聚會真是太開心了。
女1：對啊！
女2：真的很開心。
男：打電話叫計程車吧？
女1：好啊！
男：唔……，我們有9個人，所以要叫幾台呢？
女1：兩台不夠吧？
男：也對啦！一台也坐不下5個人。大家都是到車站吧？
女2：我和我老公要往反方向。
男：那再叫一台吧！
女1：可是他們兩位坐一台，那還有7個人，就分成4個人和3個人吧？
男：對喔！就這樣吧！

要叫幾台計程車呢？

1. 2台　　2. 3台　　3. 4台　　4. 5台

3ばん　🎧060　(一) 第3回　P.77

おとこ ひと おんな ひと はな
男 の人と 女 の人が話していま
か
す。どれを買いますか。

M：何か飲み物を買っていこう。
なに の もの か
あっ、これ3本で安くなって
ぼん やす
いるよ。
F：持って帰るのが重いから2本
も かえ おも ほん
でいいんじゃない？
M：じゃあそうしよう。えーっ
と、食べものはと。
た
F：そのパンおいしそうね。
M：3つで300円だよ。
えん
F：じゃあ、それで。
M：うん。

どれを買いますか。
か

男女兩人正在交談。他們買哪一個？

男：買點飲料去吧！啊！這個買三瓶比較便宜。
女：帶回去會很重，所以買兩瓶就好了吧？
男：那就買兩瓶吧！那食物呢？
女：那個麵包看起來好好吃喔！
男：三個300日圓耶。
女：那買吧！
男：好啊！

他們買哪一個？

4ばん　🎧061　(一) 第3回　P.77

おとこ ひと おんな ひと はな
男 の人と 女 の人が話していま
おとこ ひと なんまいよう い
す。 男 の人はコピーを何枚用意
しますか？

M：部長、このコピーは何枚用
ぶ ちょう なんまいよう
意すればよろしいでしょう
い
か。
F：そうね、会議に出席する人
かい ぎ しゅっせき ひと
は全部で 3 0 人だけど、そ
ぜん ぶ さんじゅう にん
れより 10 枚多くコピーして
じゅう まいおお
おいてくれる？
M：分かりました。
わ

おとこ ひと なんまいよう い
男 の人はコピーを何枚用意しま
すか？

男女兩人正在交談。男人要準備幾張影本？

男：部長，這份影本要準備幾張呢？
女：唔，出席會議的人總共有30人，你可以幫我多準備10張嗎？
男：我知道了。

男人要準備幾張影本？

1. 10 張。　　　　　2. 20 張。
3. 30 張。　　　　　4. 40 張。

5 ばん 🎧062 (一) 第 3 回 P.78

男の人と女の人が話しています。男の人はどの順番でしますか。

F：体のためには寝る5、6時間前に晩ご飯を食べましょう。晩ご飯を食べた後で、テレビを見たり、新聞を読んだり、ゆっくりしてください。そしてお風呂に入って寝るとよく眠れます。

M：わかりました。そうします。

男の人はどの順番でしますか。

男女二人正在講話。男人的順序是哪一個？

女：為了身體健康，晚餐要在睡覺前5、6個小時前吃。晚餐過後，看看電視、報紙，好好休息一下。然後再洗澡睡覺，這樣的睡眠品質較佳。
男：我知道了。就這麼做。

男人的順序是哪一個？

6 ばん 🎧063 (一) 第 3 回 P.78

男の人が話しています。男の人はどの順番で行きますか。

M：図書館に本を返しに行って、帰りにスーパーに行くけど、何か買ってくるものある？

F：買い物はないけど、手紙を出してきてくれる？

M：いいよ。じゃあ、最初に郵便局に寄ってから図書館に行くよ。

男の人はどの順番で行きますか。

男人正在講話。男人去的順序是哪一個呢？

男：我要去圖書館還書，回來的時候要去超市，有沒有什麼要買的？
女：是沒有啦！不過你可以幫我寄封信嗎？
男：好啊！那我先去郵局，然後再去圖書館。

男人去的順序是哪一個呢？

1. 圖書館→超市→郵局
2. 圖書館→郵局→超市
3. 郵局→圖書館→超市
4. 郵局→超市→圖書館

7 ばん 🎧064 (一) 第 3 回 P.79

男の人と女の人が話しています。仕事が終わってからすぐ何をしますか。

M：今日は6時頃には仕事が終わ

りますね。レストランで食事でもどうですか。

F：ああ、いいですね。でも。

M：あっ、忙しいんですか。

F：明日友達の誕生日のパーティーなのでプレゼントを買いに行かなければならないんです。

M：じゃあ、食事の後、一緒に買い物に行きましょう。

F：デパートは7時に閉まるので食事の前のほうが。

M：わかりました。そうしましょう。

仕事が終わってからすぐ何をしますか。

男女兩人正在交談。工作結束後他們馬上要做什麼？

男：今天大概6點左右會下班。要不要到餐廳吃個飯？
女：好啊！可是……。
男：妳很忙嗎？
女：明天是我朋友的生日派對，所以我得去買個生日禮物。
男：那吃完飯之後一起去買吧！
女：百貨公司7點關門，所以在吃飯前買比較好。
男：我知道了，那就這樣吧！

工作結束後他們馬上要做什麼？

1. 去餐廳。
2. 去百貨公司。
3. 回家。
4. 參加生日派對。

8 ばん 🎧 065 （一）第3回 P.79

男の人がパソコンのクラスについて話しています。コンピューターを少し使ったことがある人は、何番の教室で勉強しますか。

M：おはようございます。これからパソコンのクラスを始めますが、201番から204番の教室に分かれて勉強します。え、今日初めてコンピューターを使う人は、となりの201番の教室に行ってください。少し使ったことがある人は、このままこの教室にいてください。簡単な文や絵が書ける人は203番。もっと複雑なことも出来る人は204番の教室へ行ってください。では、みなさんがんばってください。

コンピューターを少し使ったことがある人は、何番の教室で勉強しますか。

男人正在談論電腦課。曾經稍微接觸過電腦的人，要在幾號教室上課？

男：早安。現在開始上電腦課，我們會分別在201號到204號教室上課。今天初次使用電腦的人，請至隔壁201教室。曾經稍

微接觸過電腦的人，請待在這間教室。會繪打簡單句子和繪畫的人，上課的教室則是在 203 號。會更複雜的電腦操作的人請至 204 教室。那麼請大家加油了。

曾經稍微接觸過電腦的人，要在幾號教室上課？

(一) 課題理解・第四回

1 ばん 🎧 066 (一) 第 4 回　P.80

男の人が話しています。午後はどんな予定ですか。

M：午後の予定を言います。よく聞いてください。

F：はい。

M：まず水泳が３時間、そしてビデオを見て、自分の泳ぎ方を研究します。終わったら食事です。

F：はい。

M：あ、食事の前に掃除をします。

F：えーっ、掃除をしなければならないんですか。

M：はい、じゃ、がんばってください。

F：はーい。

午後はどんな予定ですか。

男人正在講話。下午的行程為何？

男：我現在要講下午的行程，請妳仔細聽。
女：好的。
男：首先游泳３個小時，接下來看錄影研究自己的游泳方法。結束之後就是用餐時間。
女：好的。
男：啊！用餐前要先打掃。
女：嗯？一定要打掃嗎？
男：對，那就請妳加油了。
女：好。

下午的行程為何？

1. 看錄影　→ 打掃　　→ 游泳　　→ 用餐
2. 游泳　　→ 看錄影 → 用餐　　→ 打掃
3. 游泳　　→ 用餐　 → 看錄影 → 打掃
4. 游泳　　→ 看錄影 → 打掃　　→ 用餐

2 ばん 🎧 067 (一) 第 4 回　P.80

女の人と男の人がホテルで話しています。男の人はこれからどうしますか。

F：そろそろ、夕飯の時間ね。

M：そうだね。僕は先におふろに入ろうかな。まだそんなにおなかがすいてないし。

F：わたしは散歩でもしてくるわ。

M：あっ、散歩もいいね。僕も一緒に行くよ。

F：そう。

M：おふろは夕食のあとにするよ。

男の人はこれからどうしますか。

男女兩人正在飯店講話。男人現在要怎麼做呢？

女：差不多到晚餐時間了。
男：對啊！我先洗個澡吧！反正現在肚子也還沒那麼餓。
女：那我去散步一下。
男：散步也不錯耶。那我也一起去好了。
女：是嗎？
男：晚餐之後再洗澡好了。

男人現在要怎麼做呢？

1. 洗澡。　　　　　　2. 做晚飯。
3. 散步。　　　　　　4. 和女人共用晚餐。

---

3 ばん　🎧(068)　(一) 第 4 回　P.81

おとこ ひと おんな ひと はな
男の人と女の人が話しています。女の人は明日どうしますか。

F：すみません。明日午前中お休みをいただきたいんですが。

M：どうしたの？だいぶ具合が悪そうだね。

F：はい。で、明日医者に行ってこようと思いまして。午後には出てきますから。

M：いや、休んだほうがいいよ。疲れもあるだろうし。

F：はい。でも明日の午後には会議もありますし。

M：山本くんがいるからいいだろ。そうしなさい。

F：はい。申し訳ありません。

おんな ひと あした
女の人は明日どうしますか。

男女兩人正在交談。女人明天要做什麼？

女：不好意思。我明天上午想請假。
男：怎麼了？妳看起來身體好像很不舒服。
女：對啊！所以我想明天去看醫生。下午應該就可以來上班了。
男：不，妳還是休息比較好。妳應該也累了。
女：好的。可是明天下午要開會。
男：有山本在應該就沒問題了。妳就休息吧！
女：好的。真是對不起。

女人明天要做什麼？

1. 早上就到公司。
2. 早上請假，下午來上班。
3. 請一整天的假。
4. 只出席會議。

---

4 ばん　🎧(069)　(一) 第 4 回　P.81

おんな ひと おとこ ひと はな
女の人と男の人が話しています。男の人は薬をどのように飲まなければなりませんか。

F：山田さん、これがお薬ですよ。1日3回、食事の後で飲んでください。

M：分かりました。あの、わたしは朝ごはんを食べないときもあるんですが、そのときは2回でもいいですか。

F：薬はきちんと1日3回飲まなければ、治りませんよ。朝ごはんもきちんと食べてくださいね。

M：はい、分かりました。

男の人は薬をどのように飲まなければなりませんか。

男女兩人正在交談。男人必須如何服藥呢？

女：山田先生，這是您的藥。一天三次，請飯後服用。
男：我知道了，我想請問一下，因為我有時候不吃早餐，那時可以一天服用2次嗎？
女：如果沒有一天服用3次的話，病是不會好的喔！請您也要好好地吃早餐。
男：好，我知道了。

男人必須如何服藥呢？

1. 一天2次，飯前服用。
2. 一天2次，飯後服用。
3. 一天3次，飯前服用。
4. 一天3次，飯後服用。

5 ばん 🎧 070 （一）第4回 P.82

男の人と女の人が話しています。女の人は何を頼みますか。

M：何にしますか。僕はサンドイッチセットにします。
F：えっ、セット？
M：ええ、サンドイッチに飲み物がついて、安くなってるんですよ。
F：じゃ、私も。
M：飲み物はコーヒーでいいですか。
F：私はジュースにします。

女の人は何を頼みますか。

男女兩人正在交談。女人點了什麼？

男：要點什麼呢？我要三明治套餐。
女：咦？套餐？
男：對，三明治有附飲料，價錢相對便宜喔！
女：那我也要一份。
男：飲料點咖啡可以嗎？
女：我要果汁。

女人點了什麼？

6 ばん 🎧 071 （一）第4回 P.82

男の人が山登りについて話しています。高橋さんは何を持っていきますか。

M：ええ、明日から2日間山へ行くわけですが、天気がいいそうですから、きっと楽しく過ごせるでしょう。では、今から荷物を分けます。一日目の食べ物は高橋さん。
F1：はい。
M：二日目の食べ物は山田さん。
F2：はい。
M：テントは私が持ちます。カメラと薬は吉田さん、いいですか。
F2：ああ、すみません。吉田さんからさっき電話が来て、明日は行けないそうです。
M：ああ、そうですか。じゃ、高橋さん、カメラもお願いします。

F1：はい。

M：山田さん、薬も持ってください。

F2：はい。

高橋さんは何を持っていきますか。

男人正在談論關於登山的事情。高橋要帶什麼東西去？

男　：明天開始，連續兩天我們都會待在山上，據說會是個好天氣，所以我想這兩天一定可以愉快地度過。那現在來分一下行李。第一天的食物就交給高橋。
女1：好。
男　：第二天的食物交給山田。
女2：好。
男　：帳篷由我負責。相機和藥品就麻煩吉田，可以嗎？
女2：啊，不好意思。吉田剛剛打電話來說他明天不能去了。
男　：這樣啊。那高橋，相機就麻煩妳了。
女1：好。
男　：山田，藥品就請妳帶著。
女2：好。

高橋要帶什麼東西去？

1. 食物
2. 食物和相機
3. 食物和藥品
4. 食物和帳篷

7ばん 🎧072 （一）第4回　P.83

男の人が話しています。明日雨が降りそうだったら、運動会はどうなりますか。

M：明日の運動会についてお知らせします。明日の運動会は雨が降ったらありません。天気

が良かったら、午前10時までに中学校にお集まりください。もし雨が降りそうだったら、運動会をするかどうか9時までにお知らせいたします。

明日雨が降りそうだったら、運動会はどうなりますか。

男人正在講話。如果明天可能會下雨，運動會會如何？

男：現在跟大家報告一則關於明天運動會的消息。明天運動會如逢下雨則取消。如果天氣好的話，請大家早上10點前到國中集合。如果可能會下雨的話，運動會是否如期舉行則會在9點前跟大家報告。

如果明天可能會下雨，運動會會如何？

1. 運動會如期舉行。
2. 運動會取消。
3. 10點前會知道運動會是否如期舉行。
4. 9點前會知道運動會是否如期舉行。

8ばん 🎧073 （一）第4回　P.83

男の人と女の人が話しています。女の人はパーティーで何をしますか。

M：山下さんの結婚パーティーのことなんだけど。

F：ええ。

M：パーティーの時、歌かあいさつをお願いしたいんだけど…。

F：え？歌はちょっと…。

M：じゃあ、お祝いのあいさつをしてくれる？

F：あいさつは歌よりもっと困るわ。うーん。ピアノは？ピアノを弾くわ。

M：ないんだよ。あそこには。僕がギターをひくからきれいな声を聞かせてよ。

F：ギターと一緒ね…。わかったわ。やります。

女の人はパーティーで何をしますか。

男女兩人正在交談。女人在派對上要做什麼？

男：關於山下的結婚派對。
女：嗯。
男：我想在派對的時候，請妳獻唱一首或上台致詞……。
女：咦？唱歌我可能不行……。
男：那妳可以幫我上台致賀詞嗎？
女：致詞比唱歌更讓我傷腦筋。唔，那鋼琴呢？我彈鋼琴好了。
男：那裡沒有鋼琴啦！我要彈吉他，妳就讓我們聽聽妳美妙的嗓音啦！
女：和吉他一起啊……。我知道了，那我就獻醜了！

女人在派對上要做什麼？

1. 彈鋼琴。
2. 彈吉他。
3. 唱歌。
4. 致詞。

(一) 課題理解・第五回

1 ばん 🎧 074 (一) 第5回 P.84

男の人と女の人が話しています。二人はこのあと何に乗りますか。

M：さて、ここからは歩くかな。

F：近いの？

M：うん。40分くらいかな。

F：えー？いやだ、歩くの。タクシーがいい。

M：ここはタクシーなんて来ないよ。じゃ、バスだ。

F：バス停はどこ？

M：ここ。あれ？バス、ずいぶん待つよ。

F：じゃ、電車は？

M：電車じゃなくて地下鉄だよ。駅はここから歩いて10分。

F：もう、いやだ、いやだ。歩くのいやだ。

M：わかったよ。じゃ、ここで待とう。

二人はこのあと何に乗りますか。

男女兩人正在交談。兩人等一下要搭乘何種交通工具？

男：那就從這裡開始走吧？
女：很近嗎？
男：嗯，大概40分鐘吧？

女：咦？我不要用走的啦！坐計程車好了。
男：這裡沒有計程車啦！那坐公車吧！
女：公車站牌在哪裡？
男：這裡。咦？要等很久喔！
女：那坐電車？
男：不是電車是地下鐵啦！從這裡走到車站要
　　10 分鐘。
女：我不要，我不要。我不想用走的啦！
男：我知道了啦！那就在這裡等吧！

兩人等一下要搭乘何種交通工具？

1. 公車。　　　　　　2. 地下鐵。
3. 計程車。　　　　　4. 電車。

2 ばん 🎧 075 （一）第 5 回　P.84

お父さんと娘が話しています。
2人はこれからどうやって帰りま
すか。

F：あっ、お父さん。
M：ああ、花子。
F：電車止まっちゃったね、事故
　　で。
M：うーん、タクシーで帰るか。
F：見て。もうあんなに人が。
M：うーん。やっぱり電車を待つ
　　しかないか。
F：そうだね。バスもないし。

2人はこれからどうやって帰りま
すか。

爸爸正在和女兒講話。兩人現在要怎麼回家？

女：啊！爸。
男：花子啊！
女：電車因為事故停駛了耶。

男：唔，那搭計程車回去吧？
女：你看，人那麼多。
男：唔，那還是只能等電車了啊？
女：對啊！也沒公車可以搭。

兩人現在要怎麼回家？

1. 搭計程車回家。　　2. 搭電車回家。
3. 搭公車回家。　　　4. 還沒決定。

3 ばん 🎧 076 （一）第 5 回　P.85

女の人と男の人が駅で話してい
ます。女の人は花井駅までどの
電車に乗りますか。

F：すみません。この電車は花井
　　駅に止まりますか。
M：花井駅ですか。この電車は
　　急行ですから止まりません
　　よ。普通電車に乗ってくださ
　　い。
F：そうですか。次の電車は普通
　　電車ですか。
M：いいえ、次も急行電車で
　　す。普通電車は 10 分後に来
　　ますよ。
F：分かりました。ありがとうご
　　ざいました。

女の人は花井駅までどの電車に
乗りますか。

男女兩人正在車站講話。女人到花井車站要搭
乘哪一班電車？

女：不好意思，這班電車會停靠花井站嗎？
男：花井站啊？這班是快車所以不會停喔！請妳搭乘普通車。
女：這樣啊！那下一班電車是普通車嗎？
男：不是，下一班也是快車。普通車 10 分鐘之後才會來。
女：我知道了。謝謝你。

女人到花井車站要搭乘哪一班電車？

1. 搭乘這一班電車。
2. 搭乘下一班電車。
3. 搭乘 10 分鐘之後的普通車。
4. 搭乘 10 分鐘之後的快車。

4 ばん 🎧 077 （一）第 5 回 P.85

お母さんと男の子が話しています。男の子はこれから何を買いますか。

F ：あ、けんちゃん、どこ行くの？
M ：本屋に漫画買いに行くんだけど。
F ：じゃー、隣のスーパーにも行ってくれない？
M ：えー、いやだよ。
F ：お願い。ハンバーグ作ろうと思ったら、卵がなかったのよ。
M ：えっ、ハンバーグ？行く行く。
F ：じゃ、卵買ってきて。
M ：はーい。

男の子はこれから何を買いますか。

媽媽正在和男孩講話。男孩現在要買什麼？

女：小健，你要去哪裡？
男：我要去書店買漫畫。
女：那你可以幫我到隔壁的超市買東西嗎？
男：不要啦！
女：拜託啦！我想要做漢堡肉，才發現沒有蛋了。
男：咦？漢堡肉？我去買我去買。
女：那去買蛋。
男：好。

男孩現在要買什麼？

1. 買漫畫和蛋。
2. 買漫畫和漢堡肉。
3. 買蛋和漢堡肉。
4. 買漫畫、蛋和漢堡肉。

5 ばん 🎧 078 （一）第 5 回 P.86

男の人が女の人に電話で話しています。本はどうしますか。

M ：もしもし、山田ですけど、こんにちは。
F ：あ、こんにちは。
M ：この間貸した小鳥の本、もう読みましたか。
F ：ああ、あれですか。
M ：鈴木先生も、読みたいそうです。返してくれませんか。
F ：そうですか。後少しで終わりますので、来週、私から鈴木先生に渡しましょうか。
M ：そうしてくれますか。お願いします。

本はどうしますか。

男人正在用電話跟女人說話。書要怎麼處理呢？

男：喂，我是山田，妳好。
女：你好。
男：前一陣子借給妳的小鳥那本書，妳看完了嗎？
女：喔，那本啊？
男：鈴木老師也想看。可以還給我嗎？
女：這樣啊！我還差一點就看完了，還是我下星期交給鈴木老師？
男：可以嗎？那就麻煩妳了。

書要怎麼處理呢？

1. 女人會交給鈴木老師。
2. 男人會交給女人。
3. 男人會交給鈴木老師。
4. 鈴木老師會交給女人。

6ばん 🎧 079 （一）第5回　P.86

中川さんが田中先生に電話をかけました。このあと誰が何時に電話をかけますか。

M：もしもし。田中先生のお宅ですか。
F：はい。
M：中川と申しますが、先生いらっしゃいますか。
F：あの、ちょっと出ているんですが。
M：あの、何時頃お帰りに。
F：そうですね。9時には帰ると言ってましたが。もう10時ですよね。こちらからお電話しましょうか。

M：いえいえ。こちらから1時間ぐらい後でお電話を差し上げてもよろしいでしょうか。
F：はい。じゃ、お待ちしております。

誰が何時に電話をかけますか。

中川打電話給田中老師。之後是誰會在幾點打電話？

男：喂，請問是田中老師家嗎？
女：對。
男：我是中川，請問老師在嗎？
女：他出門了。
男：請問老師幾點會回來？
女：唔，他說9點會回來。可是現在已經10點了。還是我請他回電話給你？
男：沒關係。我可以大概一個小時之後再打電話過去嗎？
女：好的。那就等您的來電。

之後是誰會在幾點打電話？

1. 老師1點會打電話。
2. 老師11點會打電話。
3. 中川1點會打電話。
4. 中川11點會打電話。

7ばん 🎧 080 （一）第5回　P.87

テレビで車のプレゼントについて話しています。紙にどう書けばいいと言っていますか

F：プレゼントのお知らせです。このテレビを見ている方お一人に、こちらの車を差し上げます。この車がほしい方は紙にいまから言うことを

書いて送ってください。まず上半分にはこの車の絵を描いてください。そして、その下にお名前と住所、電話番号をお書きください。それから、車の絵の中にこの車の名前をかいてください。この車の名前は「コローレ」、「コローレ」です。

紙にどう書けばいいと言っていますか。

電視正在播放關於汽車獎品的訊息。要怎麼寫比較好呢？

女：以下是關於獎品的說明。我們想要贈送本公司的汽車給現在正收看本節目的人。想要這輛汽車的觀眾請在紙上寫下我下面講的內容，然後寄出。首先，請在紙的上半部畫出這輛汽車的圖。然後在紙的下半部請寫上您的姓名與住址、電話號碼。並在您畫的汽車上，寫下這輛車的名字。這輛汽車的名字是「Korore」，「Korore」。

要怎麼寫比較好呢？

8 ばん <audio> 081 （一）第 5 回 P.87

女の人がラジオで話しています。映画に行きたい人が書くのはどのはがきですか。

F ：今日は映画「ジュゲーム」のご招待についてお知らせします。この番組を聴いているみなさんに映画のチケットをプレゼントします。ご招待の日は 25 日です。時間は午前 10 時からと午後 6 時からです。映画を見たい方は、はがきに映画の名前「ジュゲーム」と住所、お名前をお書きください。また午前か午後のどちらかも忘れないでください。

映画に行きたい人が書くのはどのはがきですか。

女人正在廣播中講話。 哪一張明信片是想去看電影的人寫的？

女：今天要告訴大家一則關於免費觀賞電影「jugemu」的消息。這邊要贈送免費電影票給收聽本節目的各位聽眾。電影招待票的日期是 25 日。時段有早上 10 點以及下午 6 點的場次。想看電影的聽眾，請在明信片寫上電影的片名「jugemu」、住址以及姓名。請記得寫上是早上或是下午的電影場次。

哪一張明信片是想去看電影的人寫的？

(一) 課題理解・第六回

1 ばん　🎧 082　(一) 第6回　P.88

女の人と男の人が話しています。男の人はどんな名刺を作りますか。

F：字はどちらがいいですか。

M：そうですね。字は、大きいのがいいです。

F：はい。何をここに書きますか。

M：住所と電話番号とファックスの番号をお願いします。

F：ここに写真を入れますか。

M：はい、お願いします。

F：では、これでどうですか。

M：いいですね。

男の人はどんな名刺を作りますか。

2 ばん　🎧 083　(一) 第6回　P.88

男の人と女の人が明日の会議の準備をしています。女の人は今から何をしますか。

F：明日の会議の準備、あと何をしましょう。

M：ええと、机は並べたし。

F：はい。

M：じゃ、ICレコーダーを持ってきてくれる？

F：はい。ビデオはどうしますか。

M：それは田中さんがやってくれるから、いいよ。

F：はい。あとは、お茶の準備もしておきましょうか。

M：それは明日やろう。

F：はい、分かりました。

女の人は今から何をしますか。

男女兩人正在交談。男人做了怎樣的名片？

女：字型您想要選哪一種呢？
男：唔，字還是大一點好。
女：好的。那這裡要寫什麼呢？
男：住址、電話號碼，以及傳真電話號碼。
女：這裡要放照片嗎？
男：好，麻煩妳了。
女：這樣如何？
男：不錯耶！

男人做了怎樣的名片？

男女兩人正在準備明天的會議。女人現在要做什麼？

女：明天的會議還要準備什麼？
男：唔，桌子也排好了。
女：對啊！
男：那妳可以幫我把IC錄音筆拿過來嗎？
女：好的。那錄影要怎麼辦？
男：那個田中會幫我們處理。
女：好。那我再去把茶準備好吧？
男：那個明天再弄。
女：好，我知道了。

女人現在要做什麼？

1. 排桌子。
2. 準備茶。
3. 去拿 IC 錄音筆。
4. 準備錄影。

3 ばん 🎧084 （一）第 6 回　P.89

先生と生徒が話しています。明日は、何を持って来なければなりませんか。

F1：あしたは動物園に行きますね。持ち物は…。

F2：先生、本やノートは持って来なくてもいいですか。

F1：本は持って来なくてもいいですが、ノートは必要ですね。

F2：お菓子を持って来てもいいですか。

F1：いいえ、持って来てはいけません。

F2：じゃあ、ジュースは？

F1：ジュースならいいですよ。あっ、お昼はみんなでレストランに行きますから、お弁当は持って来なくていいですよ。

明日は、何を持って来なければなりませんか。

老師和學生正在講話。明天必須帶什麼東西來呢？

女1：明天要去動物園。要攜帶的東西有……。

女2：老師，可以不帶書和筆記本嗎？

女1：不用把書帶來，不過一定要帶筆記本。

女2：那可以帶點心來嗎？

女1：不可以，不可以帶點心。

女2：那果汁呢？

女1：果汁可以帶。對了，中餐大家會一起去餐廳，所以不用帶便當喔！

明天必須帶什麼東西來呢？

1. 便當。
2. 果汁。
3. 點心。
4. 筆記本。

4 ばん 🎧085 （一）第 6 回　P.89

男の人と女の人が話しています。女の人はいつ写真を取りに来ますか。

F：あの、これ、いつできますか。ちょっと急いでいるんですけど。

M：3日かかります。今日が4日ですから、5、6，7あっ、すみません、7日は水曜日ですね。水曜日は店が休みなので8日になりますが。

F：8日ですか。

M：じゃあ、休みの前にやっておきましょう。休みの前の日の5時過ぎに来てください。

F：はい、そうします。よろし
く。

女の人はいつ写真を取りに来ますか。

男女兩人正在交談。女人何時要來拿相片？
女：請問這個什麼時候會好啊？我有點趕。
男：要３天。今天是４號，所以５、６、７，
啊，不好意思，７號是星期三我
們休息，所以要到８號了。
女：８號啊。
男：那我在休假前沖洗好好了。請妳在我們休
假前一天５點過後來拿。
女：好，我會的。拜託你了。

女人何時要來拿相片？

1. ３日　　2. ６日　　3. ７日　　4. ８日

5ばん　🎧 086　（一）第6回　P.90

男の人と女の人が話しています。二人は何時に会いますか。

M：今晩のパーティー、8時半からだね。

F：うん。でも、始まる前に15分か20分ぐらい、お茶飲んでから行かない？

M：そうだね。じゃ、パーティーが始まる30分前に会おうか。

F：いいわね。そうしましょう。

二人は何時に会いますか。

男女兩人正在交談。兩人何時碰面？

男：今晚的聚會是8點半開始吧。
女：對啊。可是開始前的１５分鐘或２０分
鐘，我們要去喝茶，你要不要一起來？
男：好啊。那我們在聚會開始前３０分鐘碰面
吧。
女：好啊。就這麼說定了。

兩人何時碰面？

1. 8:30　　2. 8:15　　3. 8:20　　4. 8:30

6ばん　🎧 087　（一）第6回　P.90

娘が両親と話しています。娘はこれから何をしますか。

F1：お父さん、ケーキを食べない？

M：ああ、いいね。

F1：お母さんは？

F2：私はいいわ。

M：あれ、ケーキだけ？お茶はないの？

F1：ちょっと待ってて、それは今入れたところだから。

F2：じゃ、由香ちゃんはお茶を持ってきて。ケーキは私が切るから。

娘はこれから何をしますか。

女兒正在和雙親交談。女兒接下來要做什麼？

女兒：爸，要不要吃蛋糕？
爸爸：好啊。
女兒：那媽媽要吃嗎？
媽媽：我就不用了。
爸爸：啊？只有蛋糕？沒有茶嗎？
女兒：等一下，茶現在剛泡好。
媽媽：那麼，由香妳端茶過來，我來切蛋糕。

女兒接下來要做什麼？

1. 泡茶。　　　　　2. 端茶過來。
3. 切蛋糕。　　　　4. 吃蛋糕。

7 ばん 🎧088 （一）第6回　P.91

先生が来週の試験について、話しています。試験のためにテキストの何ページを勉強すればいいですか。

先生：じゃあ、来週のテストに出るところですけど、まず、テキストの最初から9ページまでは、テストには出ません。

皆：やったあ！

先生：ですから、10ページから20ページまで、よく復習しておいてください。その先はえーと、授業でやってないですねえ。

女の学生：じゃ、そこは勉強しなくていいんですね。

先生：そうですね。あっ、ちょっと待って。25ページだけは授業で説明しましたよね。ここ、よく読んでおきましょう。分かりましたか。

皆：はーい。

試験のために、テキストの何ページを勉強すればいいですか。

老師正在說明下星期的考試。為了考試，課本要唸哪幾頁才行呢？

老師：關於下星期的考試範圍，首先，從課本第1頁到第9頁，不列入考試。
大家：太好了！
老師：從第10頁到第20頁，大家請好好練習。在那之後的部份就沒有上過了。
女學生：那就可以不用唸吧。
老師：是啊。啊，等一下。第25頁我們上過了。請大家好好唸一下這個部份。知道了嗎？
大家：好。

為了考試，課本要唸哪幾頁才行呢？

1. 從第1頁到第25頁。
2. 從第10頁到第20頁。
3. 從第10頁到第20頁，以及第25頁。
4. 從第1頁到第20頁，以及第25頁。

8 ばん 🎧089 （一）第6回　P.91

男の人が病院で看護師さんと話しています。男の人は薬を毎日どのように飲めばいいですか。

F：じゃ、この薬を朝ご飯と晩ご飯の時に、三つずつ飲んでください。

M：はい、食べてから三つずつですね。

F：ええ。食べないときは、やめてください。

M：はい、わかりました。

男の人は薬を毎日どのように飲めばいいですか。

男人正在醫院裡和護士交談。男人每天要如何服用藥物呢？

女：早餐和晚餐時，請各吃三顆。
男：好的，飯後各吃三顆對吧？
女：對。如果您沒有用餐，請不要服用。
男：好的，我知道了。

男人每天要如何服用藥物呢？

1. 一天兩次，飯前服用。
2. 一天兩次，飯後服用。
3. 一天三次，飯前服用。
4. 一天三次，飯後服用。

㈠ 課題理解・第七回

1 ばん　090　㈠ 第7回　P.92

男の人が話しています。大森駅へ行く人は、どこで乗り換えますか。

（電車の車内に響く電車の揺れる音）

M：本日も東京地下鉄をご利用いただき、ありがとうございます。お客さまにお知らせいたします。きのうから、新しい駅ができました。大森へいらっしゃる方は、中山駅で乗り換えてください。これまでのように三浦駅では

ありませんのでご注意ください。大森へいらっしゃるお客さまは、中山駅で、3番線の電車にお乗りください。次は江川、江川です。

大森駅へ行く人は、どこで乗り換えますか。

男人正在講話。要往大森車站的人要在哪裡換車？

（電車車廂內回響著電車晃動聲）
男：非常感謝您今天搭乘東京地鐵。現在要通知乘客們一則消息。昨天啟用了新的車站。欲往大森的乘客，請注意並非在以往的三浦站換車，而是在中山站換車。欲往大森的乘客請在中山站搭乘3號月台的電車。下一站是江川、江川。

要往大森車站的人要在哪裡換車？

1. 東京車站。
2. 中山車站。
3. 三浦車站。
4. 江川車站。

2 ばん　091　㈠ 第7回　P.92

男の人と女の人が話しています。男の人は女の人に何を持って行ってもらいますか。

F：吉田さんのお見舞いに病院へ行ってきます。
M：ああ、悪いけど、これ渡してもらえない。
F：いいけど、何？果物は私が買っていくけど。

M：やることがなくて、暇だと思
　　うから。読むものはどうか
　　な、と思って。

F：疲れるんじゃない。

M：そうか。じゃ、本をやめて、
　　これだけ。吉田さんの好きそ
　　うな音楽を入れといたんだ。

F：いいわね、きっと喜ぶわよ。

**男の人は女の人に何を持って
行ってもらいますか。**

男女兩人正在交談。男人請女人拿什麼東西
去？

女：我現在要去醫院探望吉田。

男：不好意思，可以請妳幫我把這個交給他
　　嗎？

女：可以啊，是什麼啊？水果的話我會買。

男：我想他沒什麼事做應該很閒，所以想把書
　　拿給他。

女：這樣他會累吧！

男：這樣啊，那不要書好了，就給他這個。裡
　　面放了吉田可能會喜歡的音樂。

女：這個好耶，他一定會很高興的。

男人請女人拿什麼東西去？

1. 書　　2. 水果　　3. 花　　4. 音樂 CD

3ばん 🎧092 (一) 第 7 回　P.93

**お母さんと娘が話しています。
娘は弁当をどうしますか。**

F1：美智子、かばんにお弁当入
　　　れておきなさい。

F2：大丈夫。後でうちを出ると
　　　き入れるから。

F1：この前も同じことを言って
　　　忘れたでしょ。すぐ入れな
　　　さい。

F2：はーい。

娘は弁当をどうしますか。

媽媽正在和女兒講話。女兒如何處理便當？

女1：美智子，把便當放進包包裡。

女2：沒關係啦。我等一下出門的時候再放就
　　　好了。

女1：妳之前也這樣說，結果還不是忘記了。
　　　馬上把它放進去。

女2：好啦。

女兒如何處理便當？

1. 出門的時候放進去。
2. 稍候放進去。
3. 馬上放進包包。
4. 自己做便當，然後放進去。

4ばん 🎧093 (一) 第 7 回　P.93

**先生が学生に話しています。この
美術館で何をしていいと言って
いますか。**

M：えー、これから美術館で注
　　意してほしいことを言いま
　　す。食べ物を食べてはいけま
　　せん。あ、飲み物はかまいま
　　せんよ。それから話をしな
　　いでください。絵に触らない
　　でください。以上です。

**この美術館で何をしていいと
言っていますか。**

老師正在跟學生講話。在這間美術館什麼事情是可以做的？

男：現在要提醒大家在美術館要注意的地方。禁止吃東西，不過可以喝飲料。另外請大家不要講話，也不要觸摸畫作。以上這幾點請多加注意。

在這間美術館什麼事情是可以做的？

1. 吃點心。
2. 喝水。
3. 跟朋友講話。
4. 觸摸畫作。

男女兩人正在交談。男人要買什麼東西回家？

男：大家大概6點左右會到。準備好了嗎？壽司呢？
女：應該快來了。我已經訂了。
男：啤酒呢？
女：放在冰箱了。唔，中野會帶水果來……。啊，對了。你去車站前面的蛋糕店買個蛋糕。
男：我知道了。

男人要買什麼東西回家？

1. 啤酒　　2. 壽司　　3. 蛋糕　　4. 水果

5ばん 🎧094 (一) 第7回 P.94

男の人と、女の人が話しています。男の人は何を買って帰りますか。

M：みんな、6時ごろ来るよ。もう準備はできた？おすしは？
F：もうすぐ来るはずよ。頼んであるから。
M：ビールは？
F：冷蔵庫に入れてある。えーと、果物は中野さんが、持ってきてくれるし…。あ、そうだ。駅前のケーキ屋で、ケーキ買ってきて。
M：わかった。

男の人は何を買って帰りますか。

6ばん 🎧095 (一) 第7回 P.94

旅行会社の人がお客に話しています。明日、何時にどこに集まりますか。

M：えー、みなさん、よく聞いてください。明日は9時半の電車に乗ります。ホテルの前に9時に集まることになっていましたが、集まる場所が駅に変わりました。駅の前に集まってください。時間は同じです。遅れないでください。

明日、何時にどこに集まりますか。

旅行社的人正在和客人交談。明天幾點，在哪裡集合？

男：大家請注意聽。明天我們要搭9點半的電車。原本是9點在飯店前面集合，但現在集合地點改為車站。請大家在車站前面集合。時間不變。請大家不要遲到。

明天幾點，在哪裡集合？

1. 9點在飯店前面集合。
2. 9點半在飯店前面集合。
3. 9點在車站前面集合。
4. 9點半在車站前面集合。

7ばん 🎧 096 (一) 第 7 回　P.95

男の人と女の人が話しています。女の人は、どの机に資料を置きますか。

M：すみません。この資料、中村さんの机に置いてください。

F：中村さんの机？

M：ほら、あそこのコンピューターが置いてある机。

F：あ、あそこですか。

M：いすに服がかけてあるほうね。

F：はい、分かりました。

女の人は、どの机に資料を置きますか。

男女兩人正在交談。女人要將資料放在哪一張桌子上？

男：不好意思，這份資料請放到中村先生的桌子上。

女：中村先生的桌子？

男：就是那張放有電腦的桌子。

女：在那邊嗎？

男：椅子上有掛衣服的那一張。

女：好，我知道了。

女人要將資料放在哪一張桌子上？

8ばん 🎧 097 (一) 第 7 回　P.95

男の子とお母さんが話しています。おじさんは今晩どこで寝ますか。

M：今晩おじさん来るんでしょ。おじさん、応接間で寝るんだよね。

F：何言ってんの。あなたの部屋でしょ、もちろん。あなたはお兄ちゃんの部屋で寝て。

M：いやだよ、僕。

F：じゃあ、おじさんと一緒に寝る？

M：だって狭いもん、僕の部屋。

F：じゃあ、台所で寝る？

M：ひどいな。いいよ、じゃ、お兄ちゃんの部屋で。

おじさんは今晩どこで寝ますか。

男孩正在和媽媽講話。叔叔今晚要睡哪裡？

男：今天晚上叔叔要來吧？他會睡客廳吧？

女：你在說什麼啊！當然是睡你房間啊。你去睡哥哥的房間。

男：我不要啦。

女：那你和叔叔一起睡？

男：我的房間太小了嘛。

女：那你睡廚房？

男：好過份喔。好啦，我去睡哥哥房間。

叔叔今晚要睡哪裡？

1. 客廳。　　　　　2. 男孩的房間。
3. 男孩哥哥的房間。 4. 廚房。

(一) 課題理解・第八回

1 ばん　098　(一) 第8回　P.96

先生と学生が話しています。学生は、明日、どんな服を着ますか。

F：明日、研究会の受付の仕事、よろしくお願いしますね。

M：はい、わかりました。あのう、先生、どんな服を着ればいいでしょうか。

F：あ、そうですね…。えっと、スーツは持っていますか。

M：はい、あります。スーツを着るんですね。

F：はい。ネクタイもしたほうがいいですね。でも暑いから、上着はいらないわ。

M：はい、わかりました。ありがとうございます。

学生は、明日、どんな服を着ますか。

2 ばん　099　(一) 第8回　P.96

先生と学生が話しています。この学生は、このあと、どのグループに入りますか。

F：昨日決めた4つのグループで、座ってください。

M：先生、私のグループは、今日二人来ていません。

F：あ、そうですね。それじゃ、誰かAグループに入ってもらおうか。

M：では、BグループかCグループの人に、お願いしてみます。

F：うん、そうだな…。でもDグループも少ないし、グループを3つにしようか。

M：はい、わかりました。では私たちがそちらに入ります。

この学生は、このあと、どのグループに入りますか。

老師和學生在交談，學生明天要穿什麼衣服？

女：明天研究會接待櫃枱的工作要麻煩你喔。
男：好的。老師，要穿什麼衣服呢？
女：啊，這麼嘛……，你有西裝嗎？
男：有的。那就穿西裝對吧？
女：對。最好也要繫領帶，不過因為很熱，就不需要外套了。
男：好，我知道了。謝謝。

學生明天要穿什麼衣服？

老師與學生正在交談，這位學生之後要加入哪一組？

女：請各位按昨天分好的組別坐下。
男：老師，我這組今天有兩個人沒來。
女：這樣啊，那麼請誰加入A組吧！
男：那麼，我來拜託B組或C組的人。
女：嗯，這個嘛，不過D組的人也少，那就分3組吧！
男：好的。那麼我們就加入那一組。

這位學生之後要加入哪一組？

1. A組
2. B組
3. C組
4. D組

3 ばん 🎧100 （一）第8回 P.97

旅行会社の人が話しています。お客さんは、何時までにバスに戻らなければなりませんか。

F：はい、皆さま、お疲れさまでした。丸山公園に着きました。ここで1時間の自由時間になります。現在のお時間は2時38分…、ああ、予定より少し遅れましたので、出発時間は3時40分といたします。5分前までには必ずこちらのバスへお戻りください。それでは、よろしくお願いします。

お客さんは、何時までにバスに戻らなければなりませんか。

旅行社的人正在談話，客人必須在什麼時間之前回到巴士？

女：各位，辛苦了！我們到丸山公園了。這裡有1小時的自由時間，現在時間是2點38分。比預定稍微延誤了一些，所以出發時間是3點40分。5分鐘之前一定要回到巴士這邊。那麼，麻煩各位了。

客人必須在什麼時間之前回到巴士？

1. 2點40分
2. 3點35分
3. 3點38分
4. 3點40分

4 ばん 🎧101 （一）第8回 P.97

男の人が、掃除について話しています。C組は、このあと、何をしなければなりませんか。

M：皆さん、今日は公園の掃除を手伝ってくれて、ありがとうございます。では、まず、A組は空き缶や瓶を拾ってもらえますか。それから、B組は集めたごみを、こちらの袋に入れておいてください。最後に、C組ですが、木の周りに落ちている葉っぱを掃除しましょう。あっ、あと、掃除道具を借りたい方は公園入口の受付まで行ってください。それでは、始めましょう。

C組は、このあと、何をしなければなりませんか。

男人正在說明打掃事項，C組之後得做什麼？

男：謝謝各位今天來公園幫忙打掃。那麼，首先可以請A組撿空瓶罐嗎？然後B組請將收集的垃圾放入袋子裡。最後是C組請打掃樹周圍的落葉。還有，要借打掃用具的人，請到公園入口接待處借。那麼就開始吧！

C組之後得做什麼？

1. 撿拾空瓶罐。
2. 將垃圾放入袋中。
3. 打掃葉子。
4. 借打掃用具。

5 ばん 🎧102 (一) 第8回 P.98

男の学生と女の学生が話しています。男の学生は、このあと、何を調べなければなりませんか。

M：あ、先輩、さっきは美術館の場所を教えてくれて、ありがとうございました。

F：いえいえ、それで、美術館まで、どのぐらいかかりますか。

M：ネットでは、電車なら、だいたい1時間ぐらいかかるそうです。

F：美術館へ行って論文の資料を調べに行きますか。

M：いいえ、医学の展覧会を見に行きます。

F：でも、あの美術館は週末は開いていますか。

M：あ、そうですよね。まずはそれを聞かなければなりませんね。

男の学生は、このあと、何を調べなければなりませんか。

女：你要去美術館查論文資料嗎？
男：不是，我要去看醫學展覽。
女：不過，那間美術館週末有開嗎？
男：說的也是，得先詢問一下。

男學生現在要去查什麼？

1. 圖書館的地點
2. 到圖書館的方法
3. 論文的資料
4. 圖書館的休館日

6 ばん 🎧103 (一) 第8回 P.98

先生と学生が話しています。学生は、いつ先生の研究室へ行きますか。

F：先生、あの、お願いがあるんですが。

M：あ、鈴木さん、どうしたんですか。

F：あの、留学の学校に送る手紙が大丈夫かどうか先生に見ていただきたいんですが。

M：留学の手紙ですか。はい、いいですよ。えっと、いつまでに出しますか。

F：来週の金曜日ですので、できれば木曜日までにいただきたいんですが。

M：では、水曜日に、研究室へ取りに来てください。

男學生女學生正在交談，男學生現在要去查什麼？

男：學姐，謝謝妳剛才跟我說美術館的地點。
女：不會不會。所以，到美術館要多久？
男：網路上說，搭電車的話，大約1小時。

F：はい、わかりました。午後はアルバイトがありますので、午前中でもよろしいでしょうか。

M：はい、9時には学校に来ていますから。

学生は、いつ先生の研究室へ行きますか。

老師與學生正在交談，學生要什麼時候去老師的研究室？

女：老師，我有事情想拜託您。
男：鈴木同學，什麼事？
女：想請老師幫我看一下要寄給留學學校的信件。
男：留學學校的信件嗎？可以啊！妳要什麼寄出？
女：下個禮拜五，所以希望是禮拜四之前完成。
男：這樣啊，我知道了。那麼就禮拜三來我研究室拿。
女：好的。我下午有打工，上午可以嗎？
男：好的，我9點就到學校了。

學生要什麼時候去老師的研究室？

1. 禮拜三上午　　　2. 禮拜三下午
3. 禮拜四上午　　　4. 禮拜五下午

7ばん　🎧 104　（一）第8回　P.99

男の人と女の人が話しています。女の人は、このあと、最初に何をしますか。

F：忙しそうだね、手伝おうか？

M：あ、ありがとう。じゃ、これ、お願いしようかな。

F：この翻訳？コピーするの？

M：うん、コピーする前に、字が正しいかどうか見てくれない？

F：はい、わかった。問題なければ、何枚コピーする？

M：そうだな、10人分だから10枚、いや、2枚多くしておこうか。

F：わかった。

女の人は、このあと、最初に何をしますか。

男女正在交談，女人之後最先要做什麼？

女：你好像很忙，我來幫忙好嗎？
男：啊，謝謝。那，這個麻煩妳好了。
女：這個翻譯？要影印嗎？
男：嗯，影印之前，幫我看一下字是否正確好嗎？
女：好的，我知道了。沒有問題的話，要印幾張？
男：嗯，10個人所以是10張，啊！不，多印2張好了。
女：我知道了。

女人之後最先要做什麼？

1. 做翻譯。
2. 看翻譯。
3. 影印10張。
4. 影印12張。

8 ばん 🎧 105 (一) 第8回　P.99

花屋で、客と店員が話しています。客は、いつ花を取りに来ますか。

M：すみません。プレゼントに贈る花を作ってほしいんですが。

F：はい、すぐ作れます。5分くらい待っていてください。

M：ええと、今週の土曜日に取りに来たいんですが。

F：ご予約ですね。わかりました。

M：お店は、朝何時から開いていますか。

F：10時からです。

M：うーん、9時までにほしいんですが…。

F：では、前日の夜はいかがでしょうか。9時までやっていますので。

客：ああ、じゃ、それでお願いします。

客は、いつ花を取りに来ますか。

客人與店員在花店裡交談，客人什麼時候要來取花？

男：不好意思，可以請妳幫我做送禮的花嗎？
女：好的，我馬上可以弄，請您等5分鐘左右。
男：嗯，我想這個禮拜六來取。
女：您要預約是嗎？我知道了。
男：妳店裡幾點開始開門？
女：10點開始。
男：嗯，我9點之前就需要……。
女：那麼請你前一天晚上來好嗎？我們開到9點。
男：那麼，就那個時間。

客人什麼時候要來取花？

1. 5分鐘後
2. 星期五10點
3. 星期五9點
4. 星期六9點

1 ばん 🎧 107 (二) 第1回 P.100

おんな　ひと　　おとこ　ひと
女 の人と 男 の人がテーブルを見
ふたり　　　　　　　　　　　　　み
ています。二人はそのテーブルに
なに　よ　　　　　　　　い
ついて何が良くないと言っていま
す か 。

F：このテーブルはどう？
M：きれいな黄色だね。でも
きいろ
ちょっと高いかな。
たか
F：一万円だからまあまあじゃな
いちまんえん
い？
M：そうじゃなくて高さが。
たか
F：うん、そうね。形はいいん
かたち
だけどね。

なに　よ　　　　　　　　い
何が良くないと言っていますか。

男女兩人正看著餐桌。二人說那一張餐桌哪一
個地方不好？

女：你覺得這張餐桌如何？
男：這個黃色很好看。可是有點「高」。
女：一萬日圓還好吧？
男：不是價錢，我是說它的高度。
女：嗯，也對。雖然它的造型很好看。

他們說哪一個地方不好？

1. 價錢
2. 造型
3. 高度
4. 顏色

2 ばん 🎧 108 (二) 第1回 P.100

おとこ　ひと　　ほんや　　てんいん　き
男 の人が本屋で店員に聞いてい
おとこ　ひと
ます。男 の人のほしいものはど
こにありますか。

M：すみません、地図とか、そう
ちず
いうものはどこにあります
か。
F：地図ですか。ええと、日本の
ちず　　　　　　　　　　にほん
地図は5階にあります。世界
ちず　　かい　　　　　　せかい
地図やほかの国の地図は3階
ちず　　　　　くに　ちず　　がい
です。
M：あ、5階。あのう、バスはど
かい
こ通っているか、知りたいで
とお　　　　　　し
すが、
F：はあ、バスのですか。すみま
せん、置いていないです。地
お　　　　　　　　ち
下鉄や電車のなら、1階の入
かてつ　でんしゃ　　　　かい　い
り口にあります。
ぐち
M：そうですか。

おとこ　ひと
男 の人のほしいものはどこにあ
りますか。

男人正在書店詢問店員。男人想找的東西放在
哪裡？

男：不好意思，請問地圖之類的東西放在哪裡
啊？
女：地圖啊？日本地圖在5樓，世界地圖及其
他國家的地圖則在3樓。
男：在5樓啊！不好意思，我想知道哪裡會有
公車經過（的公車地圖）。

女：公車的地圖啊？很抱歉，我們這裡沒有耶。如果是地下鐵或電車地圖的話，則在1樓入口處。

男：這樣啊！

男人想找的東西放在哪裡？

1. 沒有。　　　　　2. 在1樓。
3. 在3樓。　　　　4. 在5樓。

女：是喔！因為昨天下雪吧！車站的樓梯真的很危險，很多人也在路上滑倒。

男：是啊！可是我不是在室外滑倒的。

女：咦？是在家嗎？

男：對。

男人是在哪裡受傷的？

1. 滑雪場。　　　　2. 車站的樓梯。
3. 路上。　　　　　4. 家裡。

3ばん 🎧109 （二）第1回 P.101

女の人が男の人のけがについて、聞いています。男の人はどこでけがをしましたか。

F：山田さん、その足、どうしたんですか。スキーですか。

M：いいえ。昨日階段から落ちたんです。

F：そうですか。昨日は雪でしたからね。駅の階段、危ないですよね。道で滑る人もたくさんいましたしね。

M：ええ。でも、外じゃないんです。

F：え？うちで

M：あ、はい。

男の人はどこで、けがをしましたか。

女人正在詢問男人的傷勢。男人是在哪裡受傷的？

女：山田先生，你的腳怎麼了？是去滑雪了嗎？

男：不是。我昨天從樓梯上跌下來。

4ばん 🎧110 （二）第1回 P.101

女の人と男の人が話しています。田中さんは男の人に何と言いましたか。

F：田中さん、今日病院へ行ったんですよね？

M：え？図書館へ行くって出て行ったよ。

F：そうですか。病院に行くんじゃなかったんですか？

M：ああ。違うんじゃない？

田中さんは男の人に何と言いましたか。

男女兩人正在交談。田中對男人說了什麼？

女：田中今天去醫院了對吧？

男：咦？他說要去圖書館，就跑出去了喔！

女：是喔！他不是去醫院了啊？

男：不是吧！

田中對男人說了什麼？

1. 要去圖書館。
2. 要去醫院。
3. 去美容院。
4. 不去醫院和圖書館。

5 ばん 🎧111 （二）第 1 回 P.102

男の人と女の人が話しています。女の人は車をどこに止めますか。

F：すみません。ここ、車止められますか。

M：ビルの前はだめなんですよ。隣に止められるんですけれど、夕方はいつも混んでて。30分ぐらい待ちますよ。

F：あら、困ったわね。どこか他に止められるところありますか。

M：えーっと、ここから500メートルぐらい行ったところにありますけどね、いつも空いてるんですが。

F：500メートル。でもまあ、自分の会社に戻るよりはいいからそこにするわ。

女の人は車をどこに止めますか。

男女兩人正在交談。女人要在哪裡停車呢？

女：不好意思。這裡可以停車嗎？
男：大樓前面不行喔！旁邊可以停，可是傍晚的時候車子都很多，大概要等30分鐘喔！
女：哎呀！真傷腦筋。還有其他地方可以停車嗎？

男：唔……，離這邊500公尺左右的地方有停車位，而且一般都有空位。
女：500公尺。可是……，算了，總比回自己的公司好，就把車停在那邊吧！

女人要在哪裡停車呢？

1. 大樓前面。
2. 大樓隔壁。
3. 500公尺外之處。
4. 自己的公司。

6 ばん 🎧112 （二）第 1 回 P.102

デパートの人が話しています。女性のコートはどこで買えますか。
（デパートのアナウンス開始の音）

M：お客さまにお知らせします。先月、売り場が変わりました。野菜や果物は新館の1階、おもちゃは新館の4階になりました。女性の服は本館の3階、男性の服は本館の4階です。よろしくお願いいたします。

女性のコートはどこで買えますか。

百貨公司的人正在講話。哪裡買得到女用外套？（百貨公司廣播開始的聲音）

男：現在要告知各位來賓一則消息。上個月我們做了賣場的變更。蔬菜水果在新館1樓，玩具在新館4樓。女性服飾在本館3樓，男性服飾則在本館4樓。歡迎前往選購。

哪裡買得到女用外套？

1. 本館 3 樓。　　2. 本館 4 樓。
3. 新館 4 樓。　　4. 新館 1 樓。

7 ばん 🎧113 （二）第 1 回　P.103

男の人が電話で部長の奥さんと話しています。明日の会議はいつ、どこで行われることになりましたか。

M：もしもし、山本ですが、部長はいらっしゃいますか。

F：すみません、主人は今出かけております。何か伝えましょうか。

M：ええ、明日の会議ですが、9時から工場で行うはずでしたが、予定が変わりました。8時半から事務所で行うことになりました。

F：では、時間も場所も変わったということですね。

M：はい、よろしくお伝えください。それでは、失礼いたします。

明日の会議はいつ、どこで行われることになりましたか。

男人正在和部長夫人講電話。明天會議的時間及地點為何？

男：喂，我是山本，請問部長在嗎？
女：不好意思，我先生現在不在家。需要我轉達什麼給他嗎？
男：好，關於明天的會議，原本預計 9 點開始在工廠舉行，但行程改變了。8 點半開始在事務所舉行。
女：您是說更改時間及場所對吧？
男：對，麻煩您轉達。那我掛電話了。

明天的會議的時間及地點為何？

1. 8 點半開始在工廠開會。
2. 8 點半開始在事務所開會。
3. 9 點開始在工廠開會。
4. 9 點開始在事務所開會。

（二）重點理解・第二回

1 ばん 🎧114 （二）第 2 回　P.104

男の人と女の人が話しています。二人が買った T シャツは何色ですか。

F：ねえ、これ、安いと思わない？二枚で千円だって。

M：へえ、いい色あるね。

F：ねえ、一枚ずつどう？

M：うん、ああ、これ、いいな。

F：でも、白って下着に見えちゃうよ。

M：ああ、そうか。じゃ、こっちのオレンジ色。

F：うん。いいんじゃない？明るくて。私は黄色にしようかな。

M：ちょっと、その黄色ねえ。

F：濃すぎるかな。もっと薄い色のないかな。

M：あれは？あの青いの。

F：涼しそうねえ。うん、あれにしよう。

二人が買ったTシャツは何色ですか。

男女兩人正在交談。兩人買的Ｔ恤是哪種顏色？

女：這件很便宜吧？兩件一千日圓。

男：哦，而且還有不錯的顏色。

女：各買一件如何？

男：好啊！這件很好看。

女：可是白色的話，看起來好像內衣喔！

男：是喔！那就買橘色的吧！

女：好啊！顏色很亮，很好看。那我買黃色的好了。

男：那個黃色不好啦！

女：顏色好像太深了。有沒有更淡的顏色啊？

男：那件呢？那件藍色的。

女：看起來很清爽耶。好啊！就買那件吧！

兩人買的Ｔ恤是哪種顏色？

1. 橘色和藍色
2. 橘色和黃色
3. 黃色和藍色
4. 白色和黃色

男の人と女の人が話しています。男の人はどうして驚きましたか。

M：若い女の人のスカート、短くなりましたね。

F：そう。私が学生の時も短かったですよ。

M：えっ？鈴木さんも短いスカートだったんですか。

F：どうして驚くのよ。

男の人はどうして驚きましたか。

男女兩人正在交談。男人為什麼這麼驚訝？

男：年輕女性穿的裙子都變短了耶！

女：對啊！我學生時代也穿很短喔！

男：咦？鈴木小姐以前也穿短裙啊？

女：你為什麼這麼驚訝？

男人為什麼這麼驚訝？

1. 因為年輕女性的裙子變短了。
2. 因為學生都穿短裙。
3. 因為短裙以前就有了。
4. 因為鈴木小姐以前也穿短裙。

3 ばん 🎧116 (二) 第 2 回　P. 105

レストランでアルバイトの女の人と店長が話しています。店長はどうして女の人に注意をしましたか。

F：すみません、店長、明日アルバイトを休みたいんですが。

M：ええ？明日？どうしたんですか？

F：あのう、妹から連絡があって、明日こちらに来るそうなんです。妹は道がよくわからないので。

M：困りましたね。休むのはいいんですが、もっと早く言わなければだめですよ。

F：はい、すみません。

M：これからは気をつけてくださいね。じゃ、明日のパーティーの準備を急いでやっておいてください。

店長はどうして女の人に注意をしましたか。

打工的女生與店長在餐廳裡交談。店長為什麼告誡女生？

女：不好意思，店長，明天的打工我想請假。
男：啊？明天？怎麼了嗎？
女：嗯～，我妹妹連絡我，說她要來這邊。我妹妹路不熟。

男：傷腦筋！要請假是可以，但是得早點跟我說。
女：是，對不起。
男：以後要注意喔！那麼妳快去準備明天的派對。

店長為什麼告誡女生？

1 沒有做派對的準備。
2 妹妹來了。
3 沒有早點說要請假。
4 路不熟。

4 ばん 🎧117 (二) 第 2 回　P. 105

男の人と女の人が話しています。女の人はどんな先生がいいと言っていますか。

M：ねえ、どんな先生だった？きびしいの？

F：その反対。

M：じゃ、いいじゃない？

F：やさしいだけの先生はだめよ。厳しくしてくれなくちゃ。

M：そー？でも、若い先生なんでしょう？

F：うん。でも、私は何年も教えたことのあるベテランの先生のほうがいいなあ。

M：そうかなあ。

女の人はどんな先生がいいと言っていますか。

213

男女兩人正在交談。女人說怎麼樣的老師比較好？

男：喂！是怎麼樣的老師啊？很嚴格嗎？

女：剛好相反。

男：那還不錯啊！

女：老師只有溫柔是不行的啦！要對我們嚴格
　　一點。

男：是嗎？可是他是位年輕的老師吧？

女：對啊！可是我比較希望是教了好幾年的有
　　經驗的老師。

男：這樣啊？

女人說怎麼樣的老師比較好？

1. 有經驗並且嚴格的老師。
2. 有經驗並且溫柔的老師。
3. 年輕並且嚴格的老師。
4. 年輕並且溫柔的老師。

2人はこの歯医者についてどう
思っていますか。

男女兩人正在討論牙醫。兩人對這位牙醫的看
法如何？

男：妳有去過車站前面的牙醫嗎？

女：有啊！之前只去過一次。櫃檯的人很客
　　氣，儀器也很新，可是醫生就……。

男：他讓我等了2個小時耶！而且超痛的
　　……。還是去其他間牙醫比較好。

女：對啊！

兩人對這位牙醫的看法如何？

1. 男人覺得很好。
2. 女人覺得很好。
3. 男女兩人都覺得很好。
4. 男女兩人都覺得不好。

5ばん 🎧 118 （二）第2回　P.106

男の人と女の人が歯医者につい
て話しています。2人はこの歯医
者についてどう思っていますか。

M：ねえ、駅前の歯医者、行った
　　ことある？

F：うん。前に一度だけ行ったこ
　　とがある。受付の人も優しい
　　し、機械も新しいけど、お
　　医者さんがね…。

M：僕はきのう2時間も待たされ
　　たよ。それに、すごく痛く
　　て…。他の歯医者に行った方
　　がいいね。

F：うん、そうね。

6ばん 🎧 119 （二）第2回　P.106

男の人が図書館の人と話してい
ます。今日は何時まで本を借りる
ことができますか。今日です。

M：すみません。今日は何時に閉
　　まりますか。

F：今日は日曜日ですから、5時
　　までです。

M：え、早いんですね。

F：ええ。でも、火曜日から土曜
　　日までは7時まであいていま
　　すよ。

M：閉まる時間まで本を借りられ
　　ますよね。

F：本を借りるのは閉まる30分
　　前までにお願いします。

今日は何時まで本を借りることが
できますか。

男人正在和圖書館的人交談。今天借書可以借
到幾點？今天。

男：不好意思，請問今天幾點閉館？
女：今天是星期天，所以到五點。
男：咦？好早喔！
女：是啊！可是星期二到星期六都開放到七點
　　喔！
男：到閉館時間為止都可以借書對吧？
女：借書的話，麻煩請您在閉館前 30 分鐘完
　　成借閱手續。

今天借書可以借到幾點？

1. 4 點半
2. 5 點
3. 6 點半
4. 7 點

7ばん 🎧120 （二）第 2 回 P.107

男の人と女の人がバスを待って
います。次のバスは 1 時何分です
か。

M：えーと、次のバスは何分だろ
　　う。
F ：いま、1 時 25 分よ。
M：うーん、1 時 15 分の行っ
　　ちゃったねえ。
F ：で、次は…。
M：えーと、30 分も間があいて
　　いるよ。
F ：そんなの。まあ、仕方がない
　　わね。待ちましょう。

M：うん。

次のバスは 1 時何分ですか。

男女兩人正在等公車。下一班的公車是 1 點幾
分？

男：下一班公車是幾分啊？
女：現在是 1 點 25 分。
男：唔……，1 點 15 分的已經開走了。
女：那下一班是……。
男：間隔了 30 分鐘！（下一班公車才來。）
女：要這麼久？沒辦法，就等吧！
男：嗯！

下一班的公車是 1 點幾分？

1. 1：15　　　　　　2. 1：25
3. 1：30　　　　　　4. 1：45

（二）重點理解・第三回

1ばん 🎧121 （二）第 3 回 P.108

男の人が外国にいる女の人と電
話で話しています。女の人の国
は今何時ですか。

M：今、そっちは、何時？
F ：8 時 50 分。
M：へえ。日本も今 8 時 50 分だ
　　よ。
F ：ええ？同じ？
M：でも、こっちは夜だよ。夜の
　　8 時 50 分。
F ：なーんだ。

女の人の国は今何時ですか。

スクリプト・（二）要點理解　第三回

215

男人正在和國外的女人講電話。女人所在的國家現在是幾點？

男：妳那邊現在幾點？
女：8 點 50 分。
男：哦，日本現在也是 8 點 50 分耶。
女：咦？一樣？
男：不過，這邊是晚上啦！晚上 8 點 50 分。
女：什麼嘛！

女人所在的國家現在是幾點？

1. 早上 8 點 50 分
2. 晚上 8 點 50 分
3. 早上 8 點 15 分
4. 晚上 8 點 15 分

2ばん 🎧122 （二）第 3 回　P. 108

男 の 人 と 女 の 人 が 話 しています。男 の 人 は 1 週 間 に 何日休み がありますか。

F ：鈴木さん、お父さんのお店も 手伝っているそうですね。

M ：はい。でも月曜日から金曜日 までは会社の仕事があります から。

F ：ええ。

M ：父の店は日曜日に手伝ってい るんです。

F ：はあ、そうですか。

男 の 人 は 1 週 間 に 何日休みがあ りますか。

男女兩人正在交談。男人一星期有幾天假日？

女：鈴木，聽說你也在爸爸的店裡幫忙啊？

男：對啊！可是我星期一到星期五公司還有工作。
女：喔！
男：所以我就星期天在爸爸的店裡幫忙。
女：喔！這樣啊！

男人一星期有幾天假日？

1. 1 天。
2. 2 天。
3. 3 天。
4. 沒有假日。

3ばん 🎧123 （二）第 3 回　P. 109

男 の 人 と 女 の 人 が 会社で話して います。何曜日に会議をします か。

M ：来週の会議、何曜日がいい ですか。

F ：ちょっと待ってください。 来週は、ええと、金曜日な ら、一日空いています。午後 だったら、水曜日か木曜日で も。

M ：あ、そうですか。私、来週 は火曜日から仕事で北海道に 行くんですよ。

F ：いつまでですか。

M ：ええと、木曜日の夜帰ってき ます。

F ：じゃ、この日しかないです ね。

何曜日に会議をします か。

男女兩人正在公司交談。星期幾要開會呢？

男：下星期的會議，定在星期幾好呢？

女：請等一下。我下星期五一整天都可以。下午的話，星期三或星期四也可以。

男：這樣啊！我下星期二開始因為公事要去一趟北海道。

女：要去到什麼時候？

男：星期四晚上回來。

女：那就只有這一天了。

星期幾要開會呢？

1. 星期二。　　　　2. 星期三。

3. 星期四。　　　　4. 星期五。

男：田中。

女：是。

男：關於預定星期日來日本的留學生。

女：他會晚到嗎？

男：不是，他會提早在星期六到，不過他說他不是到東京，是到大阪。

女：這樣啊！

留學生是星期幾，抵達哪裡呢？

1. 星期六到達東京。　　2. 星期六到達大阪。

3. 星期日到達東京。　　4. 星期日到達大阪。

4 ばん 🎧 124 （二）第 3 回　P.109

男の人と女の人が話しています。留学生は何曜日にどこに着きますか。

M：あ、田中さん。

F：はい。

M：日曜日、日本に来る予定の留学生がねえ。

F：あ、遅れますか。

M：いや、早くなって、土曜日に来るそうですけど、東京じゃなくて、大阪に着きますって、連絡がありました。

F：ああ、そうですか。

留学生は何曜日にどこに着きますか。

男女兩人正在交談。留學生是星期幾，抵達哪裡呢？

5 ばん 🎧 125 （二）第 3 回　P.110

男の人と女の人が話しています。旅行の買い物は何日にしますか。

F：お父さん、旅行の買い物は何日にしますか。

M：そうだね。4日はどう？日曜日だし。

F：ちょっと早いですね。

M：じゃあ、10日頃にするか。

F：お父さん、旅行は 9 日からですよ。

M：ああ、そうだったね。じゃあ、8 日。

F：旅行の前の日は家でゆっくりして早く寝ましょう。買い物はその前の日にしましょうよ。

M：ああ、そうだね。

旅行の買い物は何日にしますか。

男女兩人正在交談。他們決定哪一天去買旅行用品？

女：老爸，我們要哪一天去買旅行用品啊？
男：唔，4 號如何？而且是星期天。
女：有點太早了吧？
男：那 10 號左右呢？
女：爸，旅行是從 9 號那天開始喔！
男：對喔！那 8 號？
女：旅行前一天就在家好好休息早點睡吧！東西就在那前一天買好了。
男：也是。

他們決定哪一天去買旅行用品？

1. 4 號。　　　　　　2. 7 號。
3. 8 號。　　　　　　4. 10 號。

男孩正在跟媽媽講話。蛋糕是什麼時候做好的？

男：咦？媽，蛋糕呢？
女：嗯？吃掉了喔！
男：啊？我本來想要吃的……。
女：不趕快吃掉會壞掉。
男：昨天才買的，哪會壞？
女：可是蛋糕是買的前一天就做好了喔！
男：真是的。妳要再去買喔！
女：好啦！

蛋糕是什麼時候做好的？

1. 3 天前。　　　　　2. 前天。
3. 昨天。　　　　　　4. 今天。

6ばん 🎧126 （二）第 3 回　P.110

男の子とお母さんが話しています。ケーキが作られたのはいつですか。

M：あれ、お母さん、ケーキは？
F ：え、食べたわよ。
M：えー、あれ僕が食べようと思ってたのにー。
F ：だって早く食べないと悪くなるでしょ。
M：昨日買ったんだから、大丈夫だったのに。
F ：でも作ったのはその前の日よ。
M：もー。また買ってねー。
F ：はいはい。

ケーキが作られたのはいつですか。

7ばん 🎧127 （二）第 3 回　P.111

男の人が遅れてきました。男の人は何時に着きましたか。

F ：どうしたんですか。遅かったですね。
M：ええ、3 時に家を出たんですけど。
F ：3 時に出たんですか。
M：ええ、途中で事故があって、電車が止まっちゃったんです。
F ：そうですか。大変でしたね。
M：ええ、いつもは 2 時間で着くのに。途中で止まって、1 時間も長くかかってしまいましたよ。
F ：そうでしたか。

男の人は何時に着きましたか。

男人遲到了。男人是幾點到的？

女：怎麼了嗎？你遲到了耶。
男：我 3 點就出門了。
女：3 點出門的啊？
男：對啊！因為路上發生事故，電車突然停下來。
女：是喔！真糟糕！
男：對啊！平常兩個小時就可以到的。電車半路停下來，拖了一個小時。
女：是喔！

男人是幾點到的？

1. 4 點。　　　　　2. 5 點。
3. 6 點。　　　　　4. 7 點。

男女兩人正在交談。兩人要在哪裡碰面？

男：那星期日就約在車站。
女：嗯，車站的入口處見，對吧？
男：唔，入口人很多，所以約在 8 點發車的電車車廂裡好了。
女：那在第一節車廂吧！
男：嗯，那就各自買車票囉！
女：嗯，到山下車站對吧？
男：對。從車站再坐公車過去。
女：我知道了。那星期日見。

兩人要在哪裡碰面？

1. 車站入口。
2. 售票處。
3. 電車車廂內。
4. 公車處。

(二) 重點理解・第四回

1 ばん　🎧 128 （二）第 4 回　P.112

男の人と女の人が話しています。二人はどこで会いますか。

M：じゃ、日曜日、駅で。

F：ええ。駅の入口でいいわよね。

M：うーん、入口は込んでいるから。8 時に出る電車の中で。

F：じゃ、一番前で。

M：うん。じゃあ、切符は別々に買おうね。

F：ええ。山下駅までよね。

M：うん。駅からはバスで行くからね。

F：分かったわ。じゃ、日曜日。

二人はどこで会いますか。

2 ばん　🎧 129 （二）第 4 回　P.112

男の人と女の人が話しています。2 人はどこで会いますか。

F：じゃ、明日 6 時頃でいい？

M：うん。いつもの喫茶店だね。

F：あっ、明日あまり時間がないから映画館の前で会いましょうよ。

M：場所がよく分からないんだ。その映画館。

F：じゃ、駅の前にする？

M：寒いよ。駅の中にしない？

F：でも人が多いでしょ。

M：わかったわかった。じゃあ、寒くてもいいよ。

2 人はどこで会いますか。

男女兩人正在交談。兩人要在哪裡碰面呢？

女：那明天6點左右可以嗎？
男：好啊！就在每次去的那間咖啡店吧！
女：啊！我明天沒什麼時間，就在電影院前面碰面吧！
男：我不知道那間電影院在哪裡。
女：那在車站前面？
男：天氣很冷耶！不然在車站裡面？
女：可是人很多。
男：好啦！我知道了。冷也沒關係啦！

兩人要在哪裡碰面呢？

1. 咖啡店裡面。　　2. 電影院前面。
3. 車站裡面。　　　4. 車站前面。

3ばん 🎧130 （二）第4回　P.113

女の人は運動をしたいと思っています。女の人が入るクラスはいくらですか。

M：いらっしゃいませ。初めての方ですか。

F ：はい。あのう、1ヶ月いくらですか。

M：えっと、走るクラスは3千円です。いろいろな運動ができるクラスは6千円になっております。

F ：えっと、泳ぐのは？

M：このクラスは8千円になります。

F ：高いですね。

M：はあ、冬も水を暖かくしていますから。その他に全部の運動ができて1万円というクラスもあります。

F ：うーん、泳ぐのは好きなんだけど他の運動はどうも。

M：じゃあ、やっぱりこちらのクラスになさいますか。

F ：ええ。

女の人が入るクラスはいくらですか。

女人想要運動。女人參加的課程，其價格為多少？

男：歡迎光臨。請問您是第一次來嗎？
女：對。請問一個月多少錢呢？
男：跑步的課程是3千日圓。多項運動皆可參加的課程是6千日圓。
女：那游泳呢？
男：游泳課程是8千日圓。
女：好貴喔！
男：因為冬天我們也會提供溫水。其他也有1萬日圓可參加所有運動的課程。
女：唔，我喜歡游泳，其他的運動就不用了。
男：那您還是選擇參加這項課程嗎？
女：對。

女人參加的課程，其價格為多少？

1. 3千日圓。　　2. 6千日圓。
3. 8千日圓。　　4. 1萬日圓。

4ばん 🎧131 （二）第4回　P.113

お父さんと娘が話しています。娘は何人で旅行をしましたか。

M：お帰り。旅行はどうだった？

F ：すごーく楽しかった。みんなで夜遅くまで話して…。

M：え、よう子さんと2人じゃなかったの？

F：会社の友達の中村さんと青木さんもいっしょだったの。由香ちゃんも行くって言ってたんだけど、都合が悪くなっちゃって…。

M：ああ、そう。

娘は何人で旅行をしましたか。

爸爸正在和女兒講話。女兒是幾個人一起去旅行的？

男：妳回來啦。這次旅行怎麼樣啊？
女：超好玩的。大家一起聊到深夜……。
男：嗯？妳不是跟裕子兩個人去而已嗎？
女：公司的朋友中村和青木也有一起去喔。由香本來也說要去的，但是後來不方便。
男：這樣啊。

女兒是幾個人一起去旅行的？

1. 2 人。	2. 3 人。
3. 4 人。	4. 5 人。

F：うーん。そんなに食べられないから、1 個でいいわ。じゃあ、はい、あと 20 円ね。

M：はいはい。

女の人は、全部で、いくら払いましたか。

店裡的人正在跟女人交談。女人總共付了多少錢？

男：這個蘋果 3 個 300 日圓，很便宜喔！
女：那請給我 1 個。唔，這樣 100 日圓對吧？
男：小姐，這個 1 個是 120 日圓喔！買 3 個比較便宜喔！要嗎？
女：唔。這樣會吃不完，給我 1 個就好了。還差 20 日圓對吧？
男：對對。

女人總共付了多少錢？

1. 20 日圓。	2. 100 日圓。
3. 120 日圓。	4. 300 日圓。

5 ばん 🎧 132 (二) 第 4 回 P.114

お店の人と、女の人が話しています。女の人は、全部で、いくら払いましたか。

M：このりんご、3 個で 300 円、安いよ。

F：じゃあ、それ 1 個ください。えーと、100 円よね、はい。

M：お客さん、これ、1 個だと 120 円なんだよ。3 個買ったら、安いよ、どう？

6 ばん 🎧 133 (二) 第 4 回 P.114

男の人と、女の人が話しています。ギター教室の生徒は、今年、何人になりましたか。

M：今年は、生徒はたくさん来ていますか？ピアノ教室もギター教室も、去年は 30 人でしたね。

F：はい。ピアノ教室は急に多くなって、去年の 2 倍になりました。でも、ギター教室は去年より 10 人、少なく

なってしまいました。

M：10人もですか。それは困りましたね。

ギター教室の生徒は、今年、何人になりましたか。

男女兩人正在交談。今年吉他教室的學生人數有幾人？

男：今年會有很多學生報名嗎？鋼琴教室和吉他教室去年都是 30 個人吧？

女：對啊！鋼琴教室的學生突然增多，是去年的 2 倍。可是吉他教室的學生人數比去年少了 10 人。

男：少了 10 個人啊？那真的很傷腦筋。

今年吉他教室的學生人數有幾人？

1. 10人
2. 20人
3. 30人
4. 40人

7 ばん 🎧134 （二）第 4 回　P.115

男の人がサッカークラブで自己紹介をしています。男の人はサッカーを何年しましたか。

M：はめまして、今日こちらのサッカークラブに入りました木村です。サッカーは高校で3年、それから大学で4年、毎日練習していました。その後、会社に入ってから、2年はぜんぜんしていなかったんですが、このクラブができたと聞いて、こちらに来まし

た。どうぞよろしくお願いします。

男の人はサッカーを何年しましたか。

男人在足球俱樂部做自我介紹，男人踢了幾年的足球？

男：大家好，我是木村，從今天開始參加這邊的足球俱樂部。我在高中踢了 3 年，然後在大學踢了 4 年，每天都做練習。進到公司之後雖然有 2 年完全沒有踢，但是我聽說這個俱樂部成立，所以就來了。請各位多多指教。

男人踢了幾年的足球？

1. 3年
2. 4年
3. 7年
4. 9年

(二) 重點理解・第五回

1 ばん 🎧135 （二）第 5 回　P.116

男の人が話しています。明日、最初にすることは何ですか。

男：明日の午前の予定をいまから言う。よく聞け。

皆：はーい。

男：えー、明日は朝ごはんの前に、まず掃除。

皆：えー！

男：食事が終わったら、午前中はずっと柔道の練習をするが、練習は30分走ってからだ。

皆：はーい。

明日、最初にすることは何ですか。

男人正在講話。明天最先做的事為何？

男　：我現在要講明天早上的計畫，仔細聽好。
大家：好。
男　：明天吃早餐之前先打掃。
大家：咦？
男　：吃完早餐之後，早上全部是柔道練習，練習之前先跑 30 分鐘。
大家：好。

明天最先做的事為何？

1. 用餐
2. 跑步
3. 柔道
4. 打掃

2 ばん 🎧136 （二）第 5 回　P.116

男の人と女の人が話しています。男の人はどこをはじめに掃除しますか。

F ：じゃ、わたしはトイレを掃除するから、あなたは玄関ね。
M ：玄関は最後がいいよ。
F ：じゃ、台所。
M ：台所はきみじゃなくちゃわからないよ。
F ：じゃ、いいわ。わたしがはじめに台所をやる。それから庭かな。そのかわり、あなたはトイレね。
M ：えー、いやだなあ。

F ：文句言わないで。

男の人はどこをはじめに掃除しますか。

男女兩人正在交談。男人要從哪裡開始打掃呢？

女：那我來打掃廁所，你就負責玄關囉！
男：玄關最後再打掃就好了啦！
女：那你去掃廚房。
男：廚房的東西只有妳才知道啦！
女：那好吧！我先打掃廚房，再來是庭院。那你就負責掃廁所。
男：咦？我不想啦！
女：不要抱怨了。

男人要從哪裡開始打掃呢？

1. 廁所。
2. 玄關。
3. 廚房。
4. 庭院。

3 ばん 🎧137 （二）第 5 回　P.117

女の人と男の人が話しています。男の人はどうして眠いのですか。

M ：ああ、眠いなあ。
F ：どうして？毎晩遅くまで仕事だから？それとも飲みすぎ？
M ：いやあ、そうじゃなくて。先月子供が生まれたでしょう。
F ：ああ、それで。
M ：うん、夜中によく泣くんだ。それで眠れなくて………。

男の人はどうして眠いのですか。

女人和男人在說話。男人為什麼很睏？

男：啊！好睏。
女：為什麼？每天工作到很晚？還是喝太多？
男：不是，是上個月小孩出生了。
女：所以？
男：半夜小孩很會哭，所以我睡不著……。

男人為什麼很睏？

1. 因為身體不舒服。
2. 因為工作到很晚。
3. 因為喝太多酒。
4. 因為被小孩吵醒。

4 ばん 🎧138 (二) 第5回 P.117

男の人が、病院で、医者と話しています。男の人は走ったり、泳いだりしてもいいですか。

F：うん、少しずつ良くなっていますね。

M：ありがとうございます。先生、もう走ってもいいですか。

F：それは、ちょっと待ってください。

M：じゃあ、水泳は？

F：水泳ですか。少しなら、いいですよ。でも、少しだけですよ。

M：はい。

男の人は走ったり、泳いだりしてもいいですか。

男人正在醫院和醫生講話。男人可以跑步或游泳嗎？

女：嗯，有好一點了喔！
男：謝謝。醫生，我現在可以跑步了嗎？
女：跑步還是過一陣子再說。
男：那游泳呢？
女：游泳啊？稍微游一下是可以啦！可是只能游一下喔！
男：好的。

男人可以跑步或游泳嗎？

1. 跑步游泳都可以。
2. 不可以跑步，但可以游泳。
3. 可以跑步，但不可以游泳。
4. 跑步和游泳都不可以。

5 ばん 🎧139 (二) 第5回 P.118

男の人と女の人が話しています。本当は、誰がどこをけがしたと言っていますか。

M：ひろしさんがけがで入院したそうですね。

F：いえ、ひろしさんじゃなくて、奥さんですよ。

M：あ、そうですか。足のけがらしいですね。

F：いいえ、手ですよ。

M：あ、そうですか。よく知っていますね。

F：ええ、だって、昨日お見舞いに行きましたから。

本当は、誰がどこをけがしたと言っていますか。

男女兩人正在交談。實際上是誰的哪個地方受傷？

男：聽說阿廣受傷住院了。
女：不是阿廣，是他老婆。
男：是喔！好像是腳傷。
女：不是，是手。
男：是喔！妳好清楚喔！
女：對啊！因為我昨天去探病了。

實際上是誰的哪個地方受傷？

1. 阿廣的手受傷了。
2. 阿廣的腳受傷了。
3. 阿廣的老婆的手受傷了。
4. 阿廣的老婆的腳受傷了。

6ばん 🎧140 （二）第5回 P.118

子供とお母さんが話しています。この男の子は今どんな具合ですか。

M：お母さん、薬の箱、どこ？頭が痛くて。

F：熱は？

M：ない。

F：おなかは？

M：朝ちょっと痛かったけど、もう治った。

F：そう。風邪かしらねえ…。

この男の子は今どんな具合ですか。

小孩子正在跟媽媽講話。這個男孩現在的身體狀況如何？

男：媽媽，醫藥箱在哪裡？我頭痛。
女：有發燒嗎？

男：沒有。
女：肚子呢？
男：早上有點痛，不過已經好了。
女：是喔！是不是感冒了啊……？

這個男孩現在的身體狀況如何？

1. 頭痛，但沒有發燒。
2. 頭痛而且發燒。
3. 肚子痛，但沒有發燒。
4. 肚子痛而且發燒。

7ばん 🎧141 （二）第5回 P.119

女の人が話しています。どうしてお寺はなくなりましたか。

F：ここには有名な古いお寺がありました。でも、去年雪がたくさん降った日、ストーブの火が原因で、火事になって焼けてしまいました。地震があっても台風が来ても大丈夫だったのに、本当に残念です。

どうしてお寺はなくなりましたか。

女人正在講話。為什麼寺廟消失了？

女：這裡之前有一間有名的古老寺廟。可是，在去年某個下大雪日子，由於暖爐而引發的火災，使得寺廟付之一炬。以前不論是發生地震，或是颱風來襲，這間寺廟都屹立不搖的，真的令人感到很遺憾。

為什麼寺廟消失了？

1. 因為下雪。　　2. 因為火災。
3. 因為地震。　　4. 因為颱風。

225

1ばん 🎧142 (二) 第6回 P.120

男の人と女の人が話しています。男の人はみんなが並んでいる理由は何だと言っていますか。

F：ねえ見て。またあの店の前にたくさん人が並んでいるわ。そんなにおいしいのかしら。

M：おいしいとか安いとかじゃないと思うよ。

F：暇なのかしら。

M：いや、友達と話したりしながら待つのがいいんじゃないのかな。

男の人はみんなが並んでいる理由は何だと言っていますか。

男女兩人正在交談。男人說大家排隊的原因為何？

女：你看。那間店前面大排長龍耶！有那麼好吃嗎？

男：我想不是好吃或價格便宜。

女：那是因為很閒？

男：不是啦！和朋友一邊聊天一邊等也很好吧！

男人說大家排隊的原因為何？

1. 因為好吃。
2. 因為便宜。
3. 因為很閒。
4. 因為很開心。

2ばん 🎧143 (二) 第6回 P.120

女の人が話しています。女の人は子供のとき何が嫌いでしたか。

F：私は子供の時は、にんじんとかトマトとか野菜が嫌いで、甘いものばかり食べていました。ケーキやアイスクリームや。でもいまは甘いものより辛いもののほうが好きですね。野菜もよく食べます。

女の人は子供のとき何が嫌いでしたか。

女人正在講話。女人小時候討厭什麼？

女：我小時候不喜歡紅蘿蔔和番茄等等的蔬菜，都淨吃些蛋糕或冰淇淋之類的甜食。可是現在，比起甜食，我更喜歡辛辣食物，也常吃蔬菜。

女人小時候討厭什麼？

1. 蔬菜。　　　　　　2. 蛋糕。
3. 冰淇淋。　　　　　4. 辛辣食物。

3ばん 🎧144 (二) 第6回 P.121

男の人と女の人がレストランで話しています。女の人はどうしてカレーを食べませんか。

M：ここのカレー、辛くておいしいですよ。

F：そうですか。でもカレーは
　　ちょっと…。

M：嫌いなんですか。

F：いいえ。

M：じゃ、きのう食べたんです
　　か。

F：いいえ。実は今夜なんです。
　　もう、作ってきたんです。

M：そうなんですか。

女の人はどうしてカレーを食べ
ませんか。

男女兩人正在餐廳交談。女人為何不吃咖哩？

男：這裡的咖哩很辣很好吃喔！
女：是喔！可是我不想吃咖哩耶……。
男：妳不喜歡嗎？
女：不是。
男：那還是妳昨天吃過了？
女：也不是。其實是我今天晚上要吃。我已經
　　做好了咖哩。
男：原來是這樣。

女人為何不吃咖哩？

1. 因為昨天吃過咖哩了。
2. 因為今天晚上要吃咖哩。
3. 因為她不喜歡咖哩。
4. 因為咖哩很辣。

4ばん 🎧145 （二）第6回　P.121

お母さんと男の子が話していま
す。男の子はどうして少ししか
晩ご飯を食べないのですか。

F：あら、どうしたの？あまり食
　　べていないわね。

M：うん…。

F：おなかでも痛いの？

M：違うよ。大丈夫。

F：でも、少ししか食べてないわ
　　よ。これ、大好きだったでしょう？嫌いになった？

M：ううん。あのね、さっき一郎
　　君の家でお菓子をたくさん食
　　べたんだ。

F：それで、おなかがすいていな
　　いのね。

男の子はどうして少ししか晩ご
飯を食べないのですか。

媽媽正在和男孩講話。男孩為什麼晚餐只吃一
點點？

女：哎呀，你怎麼了啊？你都沒什麼吃耶。
男：嗯……。
女：肚子痛嗎？
男：不是啦！我很好。
女：可是，你只吃一點點而已耶。你不是最喜
　　歡這個了嗎？現在不喜歡了？
男：不是啦！因為我剛才在一郎家吃了很多點
　　心啦！
女：所以現在肚子不餓對吧？

男孩為什麼晚餐只吃一點點？

1. 因為肚子痛。
2. 因為是不喜歡的菜色。
3. 因為料理太甜了。
4. 因為吃了點心。

女の人が話しています。この女の人は、1 日にどんなものを食べるように言っていますか。

F ：皆さんは、1 日に 3 回食事をしますね。この 3 回のうち、2 回は魚を食べましょう。肉や卵は 1 日 1 回にします。そして、野菜は必ず 3 回食べましょう。これを 1 ヶ月続けてください。そうすれば、今より 5 キロやせます。

この女の人は、1 日にどんなものを食べるように言っていますか。

女人正在說話。女人說一天之中要吃些什麼東西呢？

女：大家都一天吃三餐。在這三餐當中，有兩餐要吃魚。肉類和蛋一天吃一次。蔬菜一定要照三餐吃。這樣的飲食請持續一個月。如此一來，可以比現在瘦 5 公斤。

女人說一天之中要吃些什麼東西呢？

1. 魚 1 餐，肉類 2 餐，蔬菜 3 餐
2. 魚 2 餐，肉類 1 餐，蔬菜 3 餐
3. 魚 3 餐，肉類 1 餐，蔬菜 3 餐
4. 魚 3 餐，肉類 2 餐，蔬菜 1 餐

女の人が、友達と話しています。美智子さんは誕生日に何をもらいましたか。

女1：美智子さんの部屋、広いですね。きれいなものがたくさんありますね。

女2：そうですか。

女1：あの時計、いいですね。

女2：母が誕生日にくれたんです。

女1：いいなあ。あの鳥の絵、上手ですね。

女2：母が誰かからプレゼントにもらったんです。

女1：ええ、これも素敵ですね。

女2：ああ、この人形ですか。去年旅行に行ったとき、買いました。かわいいでしょう。

女1：ええ。あ、あのカレンダー、どこで買いましたか。私もあんなのがほしいんですが。

女2：あれは妹が買ってくれたんです。誕生日に。

女1：そうですか。

美智子さんは誕生日に何をもらいましたか。

女人和朋友正在說話。美智子生日時收到了什麼禮物？

女1：美智子的房間好大喔。有好多漂亮的東西。
女2：會嗎？
女1：那個時鐘不錯耶。
女2：那是我生日的時候媽媽送的。
女1：好好喔……。那幅小鳥的畫，畫的真好。
女2：那是媽媽不知道從誰那裡收到的禮物。
女1：哦，這個也很好看耶。
女2：妳說這個玩偶啊！這是去年旅行的時候買的，很可愛吧！
女1：對啊！那個日曆是在哪裡買的啊？我也想要一個。
女2：那是生日的時候妹妹買給我的。
女1：是喔！

美智子生日時收到了什麼禮物？

1. 時鐘和日曆
2. 日曆和小鳥的畫
3. 時鐘和玩偶
4. 小鳥的畫和玩偶

7ばん 🎧148 （二）第6回　P.123

おんな ひと おとこ ひと はな
女 の人と 男 の人が話していま
おとこ ひと たんじょう び おく
す。 男 の人は、誕 生 日に、奥さ
なに
んから何をもらいましたか。

F ：わあ、すてきなネクタイね。
M ：うん、昨日、誕 生 日でね、
むすめ くつした いっ
　　娘 がくれたんだ。靴下と一
しょ
　　緒にね。
F ：あっ、そうなの。奥さんから
　　は？
M ：うん。これだよ。軽くて持ち
なか
　　やすいんだ。中にコンピュー
はい
　　ターも入るし。

F ：いいわね。

おとこ ひと たんじょう び おく
男 の人は、誕 生 日に、奥さんか
なに
ら何をもらいましたか。

男女兩人正在交談。男人在生日那天從老婆那裡收到什麼禮物？

女：哇！好漂亮的領帶喔！
男：對啊！我昨天生日，這是我女兒送我的。還有襪子喔！
女：是喔。那你老婆送你什麼？
男：嗯，就是這個。重量輕又攜帶方便。這裡面還可以放電腦。
女：不錯耶！

男人在生日那天從老婆那裡收到什麼禮物？

1. 領帶　　　　　2. 襪子
3. 電腦　　　　　4. 包包

（二）重點理解・第七回

1ばん 🎧149 （二）第7回　P.124

おんな こ おとこ こ はな
女 の子と 男 の子が話していま
なに
す。プレゼントは何になりました
か。

F ：お父さんのプレゼント、何に
とう
　　する？ワイシャツか、靴下
くつした
　　か…。
M ：そうだなあ。靴下よりはネク
くつした
　　タイの方がいいと思うんだけ
ほう おも
　　ど。

F：そーお？でも私たちお金、あまりないでしょ。安くてよくないネクタイより高い靴下のほうがいいと思わない？

M：そうだね、そうしよう。

プレゼントは何になりましたか。

男孩和女孩正在講話。要買什麼禮物呢？

女：爸爸的禮物要買什麼呢？白襯衫？還是襪子……？

男：唔，我覺得送領帶比送襪子好啦！

女：是嗎？可是我們的錢不太夠吧！比起買便宜，但品質不太好的領帶，不如買一雙貴一點的襪子，這樣比較好吧？

男：也對啦！那就這樣吧！

要買什麼禮物呢？

1. 襪子
2. 領帶
3. 白襯衫
4. 襪子和領帶

2 ばん 🎧150 （二）第 7 回　P.124

女の人と男の人が話しています。男の人は、どうして困っていますか。

F：あっ、雨！どうしよう…傘がない。

M：大丈夫、車の中においてあるから。一本、貸してあげるよ。

F：本当？よかった、ありがとう。

M：ちょっと待ってて。えっと…あれ？鍵、ない。

F：え、何？車の？

M：うん…おかしいなぁ。いつもかばんの中に入れてあるんだけど…。あぁ、どうしよう。

男の人は、どうして困っていますか。

女：啊！下雨了！怎麼辦？沒有傘。

男：沒關係，車裡有。我借妳一把。

女：真的？太好了，謝謝。

男：等一下。啊！我的鑰匙不見了。

女：啊，什麼？車子的嗎？

男：嗯，好奇怪，我總是放在包包裡啊！怎麼辦？

男人為什麼困擾呢？

1. 遺失車鑰匙。
2. 遺失傘。
3. 包包不見。
4. 只有一把傘。

男女兩人正在交談，男人為什麼困擾呢？

3 ばん 🎧151 （二）第 7 回　P.125

男の人と女の人が日曜日にどこへ行くか話しています。二人はどこへ行きますか。

F：今度の日曜日、デパートに買い物に行かない？

M：ええ、やっぱり外だよ。海とか、山とか。そうだ、山を歩くのがいいなあ。

F：ええ、でも、買い物もしたいわ。

M：ええ、やっぱり外だよ。そうだ、お弁当を持って、川へ行くのは？

F：ふうん、川よりまだ海のほうがいいかな。

M：よし、じゃ、海だ。

F：でも、天気の問題ね。

M：ええと、天気予報。あっ、日曜日は雨だよ。

F：じゃ、外は無理ね。

M：うん、そうだなあ。君の言う通りにしよう。

二人はどこへ行きますか。

男女兩人正在討論星期日要去哪裡。兩人要去哪裡呢？

女：這星期日要不要去百貨公司或買東西？
男：還是去戶外的海邊或山上踏青好啦！對了，去山上走走不錯耶！
女：可是我想買東西啦！
男：還是去戶外啦！對了，帶個便當，去河邊如何？
女：嗯，比起河邊還是海比較好吧？
男：好，那就去海邊啦！
女：可是要看天氣好不好啊？
男：唔，氣象報告。啊！星期日下雨。
女：那就不可能去戶外。
男：嗯，也對。那就照妳說的做吧！

兩人要去哪裡呢？

1. 海邊。　　　　　2. 山上。
3. 百貨公司。　　　4. 河邊。

4ばん 🎧152 (二) 第7回　P.125

女の人と男の人が話しています。2人は何をしますか。

F：ねえ、スケート行かない？

M：えー、寒いよ。

F：冬はいつも寒いの。

M：スキーならなあ。

F：寒いのは同じでしょ。それにスキーはこの近くじゃできないし。ねっ、行こう。

M：うん。

2人は何をしますか。

男女兩人正在交談。兩人要做什麼？

女：要不要去溜冰？
男：很冷耶！
女：冬天一直都很冷啊！
男：如果是去滑雪的話就好了！
女：都一樣冷吧！而且這附近又不能滑雪。一起去啦！
男：好啦！

兩人要做什麼？

1. 溜冰。　　　　　2. 滑雪。
3. 溜冰跟滑雪。　　4. 不溜冰也不滑雪。

5ばん 🎧153 (二) 第7回　P.126

男の人と女の人が話しています。男の人がするスポーツはどれですか。

F：高橋さんは、どんなスポーツをするんですか。

M：なんだと思いますか。

F：サッカーとか、野球とか？

M：いいえ、おおぜいでするスポーツはだめなんですよ。

F：じゃ、泳いだり、走ったり…。

M：いや、1人だけも、ちょっとさびしくて…。

F：ああ、それじゃ…。

男の人がするスポーツはどれですか。

男女兩人正在交談。哪一個是男人從事的運動？

女：高橋先生都做些什麼運動？
男：妳覺得是什麼呢？
女：足球、棒球之類的嗎？
男：不是，那種很多人一起做的運動我不行的啦！
女：那游泳、跑步……。
男：不是，只有一個人也太孤單了……。
女：喔，那是……。

哪一個是男人從事的運動？

1. 網球
2. 馬拉松
3. 足球
4. 游泳

6ばん　🎧154 （二）第7回　P.126

女の人が、電話しています。この人は、授業が終わったら、どうすると言っていますか。

F：あ、けいこです。今日、授業が終わったらすぐ帰ると言ってたけど、友だちと映画を見に行くことにしたので、夕飯はいりません。帰りは、

10時ごろになると思います。

この人は、授業が終わったら、どうすると言っていますか。

女人正在講電話。她說下課之後要做什麼？

女：我是敬子。本來說今天下課之後要馬上回家的，不過因為要跟朋友一起去看電影，所以不回去吃晚餐了。我大概10點左右會回家吧！

她說下課之後要做什麼？

1. 去看電影。　　　2. 馬上回家。
3. 在家吃晚餐。　　4. 在家看電影。

7ばん　🎧155 （二）第7回　P.127

医者と男の人が話しています。体によくないやり方はどれですか。よくないやり方です。

M：先生、ちょっと聞きたいんですけど。

F：はい。

M：泳いだり、走ったり、テニスをしたり、1日に続けてやってもいいですか。

F：そうですね、走ったり、テニスをしたりしてから泳ぐのは危ないですよ。

M：ああ、そうですか。じゃ、水泳をしてから他の運動をするのは？

F：ああ、それならいいですね。

とにかく、たくさん運動した後で、水泳をするのはやめたほうがいいです。

体によくないやり方はどれですか。

醫生和男人正在交談。何者是對身體不好的做法？是不好的做法。

男：醫生，我想請問一下。
女：好的。
男：游泳、跑步、打網球，可以這樣持續運動一整天嗎？
女：唔，跑步或打網球之後游泳是很危險的喔！
男：這樣子啊！那游泳完之後再做其他運動呢？
女：那就沒關係。總之，大量運動之後不要游泳比較好。

何者是對身體不好的做法？

1. 跑步之後游泳
2. 游泳之後跑步
3. 游泳之後打網球
4. 打網球之後跑步

(二) 重點理解・第八回

1ばん 🎧156 （二）第8回　P.128

女の人が話しています。この女の人は、どんな友達が欲しいですか。

F：こんにちは、ゆきえです。17歳です。高校2年生です。好きなことは、走ったり、プールで泳いだりすることで

す。休みには、時々山に登ったりもします。同じことが好きな女の子と友達になって、一緒にご飯を食べに行ったり、遊びに行ったり、いろいろ話したりしたいです。男の子はごめんなさい。それではよろしくお願いします。

この女の人は、どんな友達が欲しいですか。

女人正在講話。女人想要什麼樣的朋友？

女：大家好，我是由紀繪。今年17歲，現在是高二。我的興趣是跑步、到游泳池游泳，假日有時也會去登山。我希望能和跟我興趣相投的女孩子交朋友，一起去吃飯，一起出去玩，天南地北的聊天。謝絕男性。請多多指教。

女人想要什麼樣的朋友？

1. 喜歡運動的男孩子。
2. 喜歡運動的女孩子。
3. 喜歡做菜的男孩子。
4. 喜歡做菜的女孩子。

2ばん 🎧157 （二）第8回　P.128

男の人と女の人が話しています。女の人はパーティで何をしますか。

M：山下さん、今度のパーティで歌ってくれませんか。

F：ええ、歌？私は歌はちょっと。

M：私はピアノを弾くことにしたんですよ。

F：そうですね、じゃ、ギターなら。

M：ああ、いいですね。後は誰かに、踊ってもらいたいですね。

女の人はパーティで何をしますか。

男女兩人正在交談。女人在聚會上要做什麼？

男：山下小姐，可以請妳在這次的聚會上高歌一曲嗎？
女：呃，唱歌我可能不太行耶！
男：我可是要彈鋼琴的。
女：唔，好吧！如果是吉他的話⋯⋯。
男：好耶！剩下的就是請個人來跳舞。

女人在聚會上要做什麼？

1. 彈鋼琴。　　　　2. 唱歌。
3. 彈吉他。　　　　4. 跳舞。

3 ばん 🎧158 （二）第 8 回　P.129

男の人と女の人が話しています。隣のパーティーは今日どうでしたか。

M：やっと終わったよ、隣のパーティー。

F：うん、毎週土曜日はうるさいね。

M：でも、いつもより静かだった、今日のパーティー。

F：うん、そうね。いつもはもっとうるさいよね。

隣のパーティーは今日どうでしたか。

男女兩人正在交談。隔壁的派對今天怎麼了？

男：隔壁的派對終於結束了。
女：對啊！每個星期六都好吵。
男：可是，他們今天的派對比之前都還來的安靜。
女：對啊！他們之前還更吵呢！

隔壁的派對今天怎麼了？

1. 比之前的派對更吵。
2. 跟之前的派對一樣吵。
3. 比之前的派對安靜。
4. 跟之前的派對一樣安靜。

4 ばん 🎧159 （二）第 8 回　P.129

お母さんが子供たちに話しています。お母さんは子供たちにどう言っていますか。

F：ねえ、ちょっと、あんた達、テレビ消しなさいよ。いま勉強してるんでしょ。テレビを見るときはテレビを見る、勉強するときは勉強する、テレビがついていたら勉強が頭に入らないでしょ。

お母さんは子供たちにどう言っていますか。

媽媽正在和小孩講話。媽媽是怎麼跟小孩子說的?

女:我說你們啊!把電視關掉啦!你們在唸書吧?看電視的時候就好好看電視,唸書的時候就好好唸書,開著電視是沒辦法專心唸書的吧?

媽媽是怎麼跟小孩子說的?

1. 不可以兩個人一起唸書。
2. 不可以同時做兩件事。
3. 不可以光唸書。
4. 不可以光看電視。

5ばん 🎧160 (二) 第8回 P.130

2人の女の人が話しています。このお母さんが子どもに毎日させていることは何ですか。毎日です。

F1:洗濯とか、掃除とかお子さんにさせるんですか。

F2:できるだけ自分のことは自分でさせたいとは思っているんですが、洗濯は私がやりますね。でも、食事の後はかならず、自分が使ったものを洗わせます。それから、休みの日だけは部屋の掃除をさせます。

F1:勉強はどうですか。

F2:勉強しろと言ったことはありません。私が言わなくてもやっているようですから。

F1:そうですか。いいですね。

このお母さんが子どもに毎日させていることは何ですか。

兩個女人正在交談。這位媽媽每天叫孩子做什麼?是每天做的事。

女1:妳會叫小孩子洗衣服或打掃嗎?
女2:我是想叫他盡量自己的事情自己處理,不過洗衣服這件事還是由我來做。但是飯後我一定會叫他清洗自己使用過的餐具。而且我只有假日的時候才會叫他打掃房間。
女1:那唸書呢?
女2:我不曾叫他去唸書。因為就算我不說他也會唸。
女1:是喔,這樣很好耶!

這位媽媽每天叫孩子做什麼?

1. 洗衣服　2. 打掃　3. 洗餐具　4. 唸書

6ばん 🎧161 (二) 第8回 P.130

男の人と女の人が話しています。この1ヶ月、女の人の娘さんは、何をしましたか。

M:山田さん、お体の具合はどうですか。

F:ええ、やっと良くなりました。

M:1ヶ月も入院して、ご家族のみなさんは、困ったでしょう。

F：それがね、夫は料理をしてくれたし、娘は部屋の掃除、息子は洗濯…。みんなで家のことをやってくれて、私がいない間、がんばっていたようなの。

M：ああ、そうですか。

この1ヶ月、女の人の娘さんは、何をしましたか。

男女兩人正在交談。這一個月，女人的女兒做了什麼？

男：山田太太，妳的身體還好嗎？
女：嗯，總算好了。
男：妳住院一個月，家人們應該很傷腦筋吧？
女：唔，老公會幫我煮飯做菜、女兒幫忙打掃房間、兒子會洗衣服……。大家一起幫忙分擔家務事，在我不在家的這段期間，他們好像很努力喔！
男：喔，這樣啊！

這一個月，女人的女兒做了什麼？

1. 做菜。　　　　　2. 打掃。
3. 洗衣服。　　　　4. 住院。

7ばん 🎧162 （二）第8回　P.131

女の人と男の人が電話で話しています。男の人がいる所は、今、どんな天気ですか。

F：もしもし、私だけど、そっちの天気はどう？

M：あ、天気？うーん、朝は雨が強かったんだけど、今はそれ

ほどでもないよ。こっちに着くころにはやむかもね。

F：そっかー。でも、傘持って（い）くね。

M：うん、そうだね。気をつけて来てね。

男の人がいる所は、今、どんな天気ですか。

男女兩人正在講電話。男人所在之處，現在的天氣如何？

女：喂，是我，你那邊的天氣如何？
男：天氣？唔，早上雨勢很大，不過現在沒下那麼大了。妳到這邊的時候雨可能已經停了。
女：是喔！那我還是帶把傘去吧！
男：好啊！來的時候，路上小心喔！

男人的所在之處，現在的天氣如何？

1. 陰天。　　　　　2. 雨勢很大。
3. 下點小雨。　　　4. 晴天。

（二）重點理解・第九回

1ばん 🎧163 （二）第9回　P.132

男の学生と女の学生が話しています。女の学生はどんなアルバイトがいいと考えるようになりましたか。

F：アルバイトを探しているんだけど、どこかいいところを知っている？

M：どんなのがいいの？

F：家からあまり遠くないとこで、お金がたくさんもらえるところ。

M：この辺じゃ、アルバイト代、安いよ。町まで行かなきゃ。

F：そうか。しかたないね。お金のためだもん。

M：仕事は何でもいいの？

F：ケーキ屋さんがいいな。

M：そんなの、うまくあるかな。

F：それもそうね。じゃ、何でもいいか。

M：時間は？いつでもいいの？

F：午後からがいいな。

女の学生はどんなアルバイトがいいと考えるようになりましたか。

男學生正在和女學生交談。女同學開始覺得哪種打工還不錯？

女：我在找打工，你知道有什麼不錯的地方嗎？
男：你想要哪種打工？
女：離家不會太遠，薪水又多的。
男：這附近的工讀薪資都很低喔。如果妳要薪水高的話就要到市區了。
女：是喔。那也沒辦法。為了錢啊！
男：任何工作都可以嗎？
女：我覺得在蛋糕店打工還不錯。
男：那種的應該不容易找得到。
女：說的也是啊！那隨便什麼工作都可以啦！
男：時間呢？任何時候都可以？
女：希望是下午以後的時段。

女同學開始覺得哪種打工還不錯？

1. 只要工讀薪資高，遠一點也無妨。
2. 工讀薪資低也無妨。
3. 在蛋糕店打工還不錯。
4. 任何時間都可以。

2ばん 🎧 164 （二）第9回 P.132

男の人と女の人が話しています。女の人はなぜアナウンサーになれないと言っていますか。

M：大学を卒業したら、どんな仕事をしたいの。

F：アナウンサー。

M：へえ。

F：でも、だめなんです。

M：どうして。

F：私、ゆっくりしか話せないんです。

M：でも、田中さんは声がいいし、発音もはっきりしているし…。それにかわいいから大丈夫ですよ。

F：それだけじゃだめなんです。

M：そうなんですか。

女の人はなぜアナウンサーになれないと言っていますか。

男女兩人正在交談。女人為何說她不能當播音員呢？

男：大學畢業之後，妳想從事什麼工作？

女：我想當播音員。
男：哦？
女：可是我不行。
男：為什麼？
女：因為我講話太慢。
男：可是，田中的聲音很好聽，口齒也很清晰……。而且外形甜美，一定沒問題的啦！
女：只有那樣是不行的。
男：是嗎？

女人為何說她不能當播音員呢？

1. 因為聲音不好聽。
2. 因為口齒不清晰。
3. 因為外形不甜美。
4. 因為講話速度太慢。

3ばん 🎧165 （二）第9回 P.133

おんな ひと おとこ ひと はな
女 の 人と、男 の 人が話していま
おとこ ひと かあ いま
す。男 の 人のお母さんは、今、
なに
何 をしていますか。

F ：高橋さんのお父さんはお医者
さんですよね。お母さんも仕
事をしているんですか？
M ：母は、去年まで高校の先生で
したが、今は大学に行ってい
ます。
F ：ああ、大学の先生。
M ：いや、医者になりたいといっ
て、勉強しているんです。
F ：へえ、それは、すごいですね。

おとこ ひと かあ いま なに
男 の 人のお母さんは、今、何を
していますか。

男女兩人正在交談。男人的媽媽現在在做什麼？

女：高橋的爸爸是醫生吧？媽媽也在工作嗎？
男：我媽媽在去年之前是高中老師，不過她現在在大學。
女：哦！大學老師。
男：不是，她說她想當醫生，所以現在在唸書。
女：哦！好厲害喔！

男人的媽媽現在在做什麼？

1. 醫生。　　　　2. 大學老師。
3. 高中老師。　　4. 大學生。

4ばん 🎧166 （二）第9回 P.133

おんな ひと おとこ ひと はな
女 の 人と 男 の 人が話していま
おとこ ひと えき
す。男 の 人は駅でどうしました
か。

F ：昨日会社へ行ったんですか。
M ：ええ。
F ：じゃあ、電車の事故で大変
だったでしょ。
M ：いいえ。駅の前からすぐバス
が出たので。
F ：そうでしたか。
M ：ちょうど電車に乗るところ
だったんですけど。
F ：あ、そう。

おとこ ひと えき
男 の 人は駅でどうしましたか。

男女兩人正在交談。男人在車站做了什麼？

女：昨天你有去公司嗎？
男：有啊！
女：因為電車事故昨天應該一團混亂吧！

男：不會啦！車站前面馬上就有公車可以坐。
女：是喔！
男：不過我差點就坐上電車了。
女：是喔！

男人在車站做了什麼？

1. 搭電車。
2. 等電車等了很久。
3. 搭公車。
4. 等公車等了很久。

5 ばん 🎧167 （二）第 9 回　P.134

男の学生と女の学生が駅で話しています。男の学生は今日、どうやって駅まで来ましたか。

M：おはよう。すごい雨だね、今日は。

F：うん。田中君、バスで来た？

M：ううん。車。母に駅まで送ってもらったんだ。

F：いいなあ。いつも車？

M：今日は特別。いつもは自転車かバスなんだ。本当は歩きたいんだけど時間がなくて。

F：ふーん。私は毎日歩くんだ。

M：歩くのは気持ちがいいね。

F：うん。でも、こんな天気の日はね。

男の学生は今日、どうやって駅まで来ましたか。

男同學和女同學兩人正在車站交談。男同學今天是如何到車站的？

男：早安。今天雨下好大喔！
女：對啊！田中你是搭公車來的嗎？
男：不是。我媽媽開車送我到車站。
女：好好喔！你每天都坐車來的嗎？
男：今天比較特別啦！我平常都是騎腳踏車或搭公車啦！不過其實我比較想要用走的，不過沒有時間。
女：喔……。我每天都是走路來的。
男：走路心情都會很好耶！
女：對啊！可是像今天這種天氣就不太好了。

男同學今天是如何到車站的？

1. 坐車來的。
2. 騎腳踏車來的
3. 走路來的。
4. 搭公車來的。

6 ばん 🎧168 （二）第 9 回　P.134

男の人と女の人が話しています。男の人はどうして今、カメラを買わないほうがいいと言っていますか。

F：田中さんの新カメラ、見た？

M：うん、本当に小さいね。

F：それに、とてもきれいに写るんだって。私も買おうかな。

M：うん、でも、買うのはもう少し待ったら？

F：どうして？

M：もうちょっとしたら、もっと使い方が簡単になるらしいよ。

F：値段も安くなる？

M：それは無理じゃない？

男の人はどうして今カメラを買わないほうがいいと言っていますか。

男女兩人正在交談。男人為什麼說不要現在買相機比較好？

女：看到田中的新相機了？
男：嗯，真的很小耶？
女：而且聽說可以拍得很美麗。我也買一台好了。
男：唔，要不要過一陣子再說？
女：為什麼？
男：聽說再過一陣子，相機的使用方式會變得更簡單喔！
女：價格也會比較便宜？
男：那是不可能的吧？

男人為什麼說不要現在買相機比較好？

1. 因為相機的體積太大。
2. 因為拍不出漂亮的照片。
3. 因為價格昂貴。
4. 因為使用上還很複雜。

7ばん 🎧169 （二）第9回 P.135

女の人が話しています。どんな人が誰のためにお菓子を買うと言っていますか。

F：えー、いま卵のような形をしたお菓子を買う男性がたくさんいるそうです。そのお菓子の中には小さい動物の人形が入っていて、それを集めるために買うんだそうで

す。特に30代の男性が多いと聞いたので、お父さんが子供のために買ってやるんだろうと思ったんですが、そうではなくて、自分の部屋に飾って楽しむんだそうです。

どんな人が誰のためにお菓子を買うと言っていますか。

女人正在講話。她說是誰買點心給誰？

女：現在好像有許多男性購買外形和蛋相似的點心。點心中放有小動物的造型玩具，聽說大家是為了收集那些玩具才買的。似乎特別是30幾歲的男性占大多數，因此我原本以為是父親買給小孩子的，但實際上似乎並非如此，而是爸爸將玩具拿來裝飾自己的房間，享受樂趣。

她說是誰買點心給誰？

1. 女人買給小孩。　　2. 女人買給自己。
3. 男人買給小孩。　　4. 男人買給自己。

(二) 重點理解・第十回

1ばん 🎧170 （二）第10回 P.136

男の人と女の人が話しています。女の人はどんな本が欲しいですか。

F：ねえ、何か本貸してよ。旅行のとき読むから。

M：どんなのがいいの？

F：電車の中で読むのよ。

240

M：じゃあ、これはどう？ちょっと難しいけど。

F：そんなのじゃなくて軽い本、ない？

M：じゃあ、これは？小さいから重くないよ。

F：そういう意味じゃないわよ。簡単に読める面白い本よ。

M：ああ、そういう意味。僕の本はみんな難しいからな。

F：もういいわよ。自分で買ってくる。

女の人はどんな本が欲しいですか。

男女兩人正在交談。女人想要哪一種書？

女：借我書啦！我旅行的時候要看的。
男：妳想要哪一種類型的啊？
女：我要坐電車的時候看的。
男：那這本如何？雖然內容有點艱澀。
女：我不要那種的，沒有比較輕一點的書嗎？
男：那這一本呢？小本的所以也不會太重。
女：我不是那個意思啦！我是說簡單易讀，內容又有趣的書啦！
男：喔，妳是那個意思喔。我的書都很艱深耶！
女：算了啦！我自己去買好了。

女人想要哪一種書？

1. 內容既容易讀又充滿樂趣的書。
2. 內容既嚴肅又艱澀的書。
3. 體積小，重量又輕的書。
4. 體積大，重量又重的書。

2ばん 🎧171 （二）第10回 P.136

男の人と女の人が話しています。男の人は、新しいカメラがどうなると言っていますか。

F：あ、いいカメラ！小さいのね！

M：うん、簡単でいいよ。

F：わたしも、これ、買おうかな。

M：あ、少し待った方がいいよ。

F：どうして？

M：もうすぐ、新しいのが出るんだよ。こんどは、もっと値段が安いらしいよ。

F：へえ。そして、もっと小さくなるの？

M：それはないんだけど、もっと簡単になるって。

男の人は、新しいカメラがどうなると言っていますか。

男女兩人正在交談。男人說新相機會怎麼樣？

女：哦！這台相機不錯耶！好小喔！
男：對啊！操作很簡單，不錯喔！
女：我也買一台好了。
男：過一陣子再買比較好喔！
女：為什麼？
男：因為馬上就要出新款的相機。價錢聽說會更便宜喔！
女：哦！那體積會更小嗎？
男：是不會啦！不過聽說操作會更簡單喔！

男人說新相機會怎麼樣？

1. 降價，而且操作會更為簡單。
2. 降價，而且體積會更小。

3. 漲價，而且體積會更小。
4. 漲價，而且操作會更為簡單。

3ばん 🎧172 （二）第10回 P.137

男の人と女の人が話しています。男の人はどうして女の人に本を買ってきましたか。

M：はい、この本。

F：え？誕生日は先月だったよ。クリスマスでもないし。

M：いやだなあ。

F：なに？わたしに読ませたいの？

M：君が買ってきてくれって言っただろう。

F：え、そう？ああ、そう言えば…。

男の人はどうして女の人に本を買ってきましたか。

男女兩人正在交談。男人為何買書給女人？

男：這本書給妳。
女：咦？我的生日是上個月喔！今天也不是聖誕節啊！
男：感覺真差。
女：什麼？你想讓我看這本書？
男：是妳叫我去買的吧？
女：咦？是嗎？喔，這麼說起來……。

男人為何買書給女人？

1. 因為是女人的生日。
2. 因為是聖誕節。
3. 因為想讓女人看這本書。
4. 因為是女人拜託男人買的。

4ばん 🎧173 （二）第10回 P.137

先生が女の子と話しています。誰が女の子に料理を教えていますか。

F1：まりさんは、料理が上手ですね。

F2：うちで、いつも教えてもらってます。

F1：そう。お母さんから？

F2：いえ、祖父が料理が好きで、よく教えてくれるんです。

F1：へえ、お母さんやおばあさんじゃないの？お姉さんは？

F2：いいえ、姉が教えてくれたことはありません。

誰が女の子に料理を教えていますか。

老師正在跟女孩講話。誰教女孩做菜？

女1：麻理很會做菜耶！
女2：我在家一直都有在學。
女1：是喔！媽媽教妳的嗎？
女2：不是，因為我爺爺很喜歡做菜，他常常教我。
女1：哦！不是媽媽或奶奶教妳的啊？那姊姊呢？
女2：也不是，姊姊沒教過我。

誰教女孩做菜？

1. 爺爺
2. 祖母
3. 媽媽
4. 姐姐

5 ばん 🎧174（二）第 10 回　P.138

女の人と、男の人が話しています。今、本は、どの人が持っていますか。

F：あの、この間お貸しした本、もうお読みになりましたか。

M：すみません。まだなんです。

F：あのー、私の友だちが読みたがっているので、返していただけないでしょうか。

M：本当はわたし、友だちに貸してしまったんです。ごめんなさい。

F：えー？

今、本は、どの人が持っていますか。

6 ばん 🎧175（二）第 10 回　P.138

男の人と女の人が話しています。誰がカップをもらいましたか。

M：そのカップいいですね。どこで買ったんですか。

F：これは叔母が。

M：あっ、叔母さんが買ってくれたんですか。

F：いいえ、叔母が母に作ってくれたものなんです。わたしのじゃないんですよ。

M：そうなんですか。叔母さん、とても上手ですね。

誰がカップをもらいましたか。

男女兩人正在交談。書現在在誰那裡？

女：前一陣子我借你的書，你看完了嗎？
男：不好意思，我還沒看完。
女：我朋友也想看，所以可以請你還給我嗎？
男：其實我是把書借給朋友了。對不起。
女：啊？

書現在在誰那裡？

1. 男人的朋友。
2. 女人的朋友。
3. 男人。
4. 女人。

男女兩人正在交談。收到杯子的是誰？

男：那個杯子不錯耶！在哪裡買的？
女：這個是我阿姨送的。
男：阿姨買給妳的嗎？
女：不是，這是阿姨親手做給媽媽的杯子。不是我的喔！
男：是喔！妳阿姨好厲害喔！

收到杯子的是誰？

1. 女人。
2. 女人的媽媽。
3. 女人的阿姨。
4. 女人的外婆。

男の人がコンピューターについて話しています。コンピューターの字は、今どうなっていますか。

M1：あ、コンピューターが壊れた。

M2：どうしたの？

M1：平仮名は出るんだけど、片仮名が出なくて。

M2：漢字は？

M1：漢字は大丈夫なんだけど。見て、これ。

コンピューターの字は、今どうなっていますか。

男人正在談論電腦。電腦打出來的字，現在的情況為何？

男1：啊！電腦壞了。
男2：怎麼了？
男1：平假名打得出來，可是片假名打不出來。
男2：那漢字呢？
男1：漢字可以。你看這個。

電腦打出來的字，現在的情況為何？

(二) 重點理解・第十一回

男の人と女の人が話しています。女の人は駅の放送について、どう言っていますか。

（駅の放送）ルルルルルル。ドアが閉まります。

M：ねえ、日本の駅って、電車が入りますとか、ドアが閉まりますとか、なんでこんなに注意するんですか。

F：親切で言っているつもりだと思うけど。

M：でも、言わなくても分かるのにね。

F：うん。私も言わなくても分かるから、やめてほしいって思うんだけど。

M：ずいぶんうるさいですよね。

F：それにほんとうに聞き取りにくいし。きっと万が一事故があったら、困るって気持ちがあるのかもねえ。

女の人は駅の放送についてどう言っていますか。

男女兩人正在交談。關於車站的廣播女人說了什麼？

（車站廣播）嗚……，車門即將關閉。

男：日本的車站為什麼對電車進站，或是電車車門關閉這麼謹慎啊？
女：我想應該是善意的提醒吧！
男：可是，就算不講大家也知道吧！
女：是啊！就算不講也知道，所以我也希望它不要廣播．
男：還滿吵的。
女：而且廣播的內容真的聽不太清楚。可能是覺得萬一發生事故的話，會很困擾吧！

關於車站的廣播女人說了什麼？

1. 出於善意所以覺得還不錯。
2. 沒有必要所以希望能停止廣播。
3. 為了安全起見所以希望繼續廣播。
4. 希望能讓廣播內容聽起來更清楚。

爸爸正在和男孩講話。男孩今天下午要做什麼？是今天下午。

男1：小廣，我們一起去游泳吧！
男2：不行啦！我現在要去買歌本。明天下午有歌唱練習。
男1：是喔！
男2：而且，今天午餐之後，我和隔壁的哥哥約好要去看他的網球比賽。
男1：什麼嘛！
男2：所以我們下次再一起去吧！

男孩今天下午要做什麼？

1. 在游泳池游泳。　　2. 練習唱歌。
3. 去買書。　　　　　4. 看網球比賽。

2ばん 🎧178 （二）第11回　P.140

お父さんと男の子が話しています。男の子は今日の午後、何をしますか。今日の午後です。

M1：ひろし、プールへ行こうぜ。

M2：だめだよ。これから、歌の本、買いに行くんだもん。明日の午後、歌の練習があるんだ。

M1：そうか。

M2：それに、今日はお昼を食べたら、隣のお兄ちゃんのテニスの試合、見に行く約束したんだもの。

M1：なんだ。

M2：だから、この次にね。

男の子は今日の午後、何をしますか。

3ばん 🎧179 （二）第11回　P.141

お母さんとお父さんが話しています。お父さんは明日何をしますか。

F：あなた、引越しは明後日ですよ。会社の方はだいじょうぶですか。

M：ああ。明日から休みを取ってある。明日は何をするのかな。荷物の片付けは？

F：あとは明後日の朝片付けるものが残っているだけよ。じゃあ、明日あなたはご近所にあいさつに行ってくれる？私はガス代や水道代を払いに行ってくるから。

M：あいさつは行ってくれよ。僕がそっちをやるから。

F：わかったわ。

245

お父さんは明日何をしますか。

媽媽和爸爸正在交談。爸爸明天要做什麼？

女：老公，後天要搬家喔！你公司那邊沒問題嗎？
男：我明天開始的假請好了。明天要做什麼啊？那東西都打包好了？
女：現在只剩後天早上才要整理的東西。老公你明天可以幫我去跟鄰居打聲招呼嗎？我要去付瓦斯費和水費。
男：打招呼妳去啦！我去繳錢。
女：我知道了啦！

爸爸明天要做什麼？

1. 跟小孩子的學校老師說。
2. 去繳瓦斯費等相關費用。
3. 和鄰居打聲招呼。
4. 整理行李。

4ばん 📻180 （二）第 11 回 P. 141

車の運転手と女の人が話しています。運転手はこれから何をしますか。

F：それじゃ、2時間後にもう一度ここに来てください。
M：いえ、ここで待っています。
F：いいですよ。会社に帰ってもいいし、家に帰ってもいいですよ。あっ、お昼ご飯は？
M：あっ、それじゃ何か食べてきます。

運転手はこれから何をしますか。

司機正在和女人講話。司機現在要做什麼？

女：那請你兩個小時之後再過來。

男：不用了，我在這裡等。
女：不要啦！你可以回公司，也可以回家。對了，你午餐吃過了嗎？
男：對喔！那我先去吃個東西。

司機現在要做什麼？

1. 待在原地。
2. 回公司。
3. 回家。
4. 吃飯。

5ばん 📻181 （二）第 11 回 P. 142

男の人と女の人が話しています。お花見に持っていかないものはどれですか。

F：ビール、お弁当、お菓子、カメラ。
M：何してるの？
F：お花見に持っていくものを用意しているの。
M：カメラはやめようよ。重いし。
F：わかった。じゃ、ビールも？
M：それはいるよ。

お花見に持っていかないものはどれですか。

男女兩人正在交談。哪一樣是賞花時不攜帶的東西？

女：啤酒、便當、點心、相機。
男：妳在做什麼？
女：我在準備賞花要帶的東西啊！
男：不要帶相機了啦！很重耶！
女：我知道了。那啤酒也不要帶了？
男：啤酒要帶喔！

哪一樣是賞花時不攜帶的東西？

1. 啤酒。 　　　　 2. 便當。
3. 點心。 　　　　 4. 相機。

6ばん 🎧 182 （二）第 11 回　P. 142

<mark>男</mark>の人が話しています。誰がコンサートに行きましたか。

M：昨日のコンサートですか。ええ、なかなか良かったですよ。いや、僕、初めは行きたくなかったんですけどね、妹が行くはずだったんですが、都合が悪くて行けなくなったから、僕が行かされたんですよ。

誰がコンサートに行きましたか。

男人正在講話。誰去聽了演唱會？

男：昨天的演唱會啊？嗯，還不錯喔！不是，我一開始不想去，去聽的應該是我妹妹，可是因為她不太方便，所以她就強迫我去聽了。

誰去聽了演唱會？

1. 男人。
2. 男人的妹妹。
3. 男人和妹妹。
4. 男人和妹妹都沒去。

7ばん 🎧 183 （二）第 11 回　P.143

女の人が話しています。どうしてうさぎがいいと言っていますか。

F ：家にいる動物といえば犬や猫ですが、最近うさぎがいいと言う人も多くなりました。うさぎはあまり鳴かないし、散歩をしなくてもいいです。でも、犬や猫より体が弱いので食べ物に気をつけることと、歯が強いので机などを噛まないようにさせることが必要です。

どうしてうさぎがいいと言っていますか。

女人正在講話。為什麼說兔子比較好呢？

女：說到在家飼養的動物，那就屬狗和貓了。不過最近喜歡兔子的人越來越多。兔子不太會叫，也不用帶牠去散步。但是，和狗與貓相比，兔子的身體較弱，因此必須注意牠的飲食。由於兔子的牙齒強韌，所以必須注意不要讓牠囓咬桌子之類的。

為什麼說兔子比較好呢？

1. 因為牠什麼都吃。
2. 因為牠很安靜。
3. 因為牠不會咬東西。
4. 因為牠的身體很健壯。

<mark>スクリプト・（二）要點理解　第十一回</mark>

247

1 ばん 🎧184 (二) 第 12 回 P.144

男の人が話しています。この町は今、どうなりましたか。

M：50年前、この町はとてもにぎやかな町でした。たくさんの人がこの町に来て、仕事をしました。店も、大きな家も、たくさんありました。しかし今、この町はとても静かになりました。人も少なくなり、多くの店が閉まりました。若い人はみんな、ほかの大きな町へ働きに行き、この町は、年をとった人しか住まない町になりました。

この町は今、どうなりましたか。

2 ばん 🎧185 (二) 第 12 回 P.144

女の人が生まれた町について話しています。女の人はいつ行くのが一番いいと言っていますか。

F：私の生まれた町は山川町です。日本の北のほうにある町です。冬が長いので、春になると、いろいろなお祭りをします。その中でも歴史祭りが一番有名です。夏は雨が降らなくて気持ちがいいです。秋にはいろいろな果物が食べられます。どの季節もいいですが、歴史祭りのときが一番面白いです。ぜひ、歴史祭りのときに来てください。

女の人はいつ行くのが一番いいと言っていますか。

男人正在講話。這個城鎮現在的樣子為何？

男：這個城鎮在 50 年前非常熱鬧，許多人來這個城鎮工作，商店、大型樓房林立。但是現在這個城鎮變得十分安靜，人潮也變少了，許多店家也紛紛結束營業。年輕人都到其他大都市工作，這個城鎮現在變成只有上了年紀的人居住的地方。

這個城鎮現在的樣子為何？

1. 人潮變多了。
2. 店家變多了。
3. 年輕人變少了。
4. 上了年紀的變少了。

女人在談論自己的出生城鎮，女人說什麼時候去最好？

女：我出生的地方是山川町。因為那裡是日本北邊的城鎮，冬天漫長，所以一到春天就會舉辦各式的祭典。其中特別是以歷史祭典最為有名。夏天不下雨，讓人感覺舒爽；秋天有各式水果可以享用——哪個季節都好，但是還是歷史祭典的時候最有趣。請務必在歷史祭典的時候來玩！

女人說什麼時候去最好？

1. 春　　　　　2. 夏
3. 秋　　　　　4. 冬

3ばん 🎧186 (二) 第12回 P.145

男の人と女の人が会社で話しています。今、どんな天気ですか。

M：おはようございます。寒いですねえ。

F：本当。空も暗いし、雨が降りだしそうな天気ですね。

M：変ですね。天気予報じゃ1日中晴れるって言ってましたよ。

F：寒いですから、帰りは雪かもしれませんね。

M：そういえば、明日は雪になるそうですよ。天気予報で言ってました。

F：あ、そうなんですか…。

今、どんな天気ですか。

男女兩人在公司交談，現在是什麼樣的天氣呢？

男：早安，好冷啊！
女：真的！天空好暗，似乎是個要下雨的天氣。
男：好奇怪，天氣預報說一整天都是天氣晴朗啊。
女：天氣好冷，回家的時候大概會下雪吧！
男：說來，天氣預報說明天似乎會下雪喔！
女：這樣啊！

現在是什麼樣的天氣呢？

1. 下雨
2. 陰天
3. 放晴
4. 下雪

4ばん 🎧187 (二) 第12回 P.145

女の人と男の人が話しています。女の人は、どうしてこのマンションが嫌だと言っていますか。

F：ここ、高すぎるわよ。こんなに高かったら、地震の時は、階段で歩いて降りられないじゃない？

M：うーん、そうだけど…。でもさ、窓からの景色、見てよ。こんなきれいな景色、毎日見られるなんて、いいじゃない？

F：だめだめ、もっと低いところにしましょうよ。

M：ええと、このマンションの前の道、左へ行くと学校があったよね。

F：えっ？病院じゃないの？

M：そうだったかな。病院だったら、もっと便利だよね。

女の人は、どうしてこのマンションが嫌だと言っていますか。

男女兩人正在交談，女人為什麼不喜歡這間華廈？

女：這裡太高了，這麼高的話地震時，沒辦法走樓梯下去吧？!

男：嗯，是沒錯啦，不過妳看這窗外的景色！可以每天看到這麼漂亮的景色，很棒不是嗎？

女：不行不行！還是選低一點的吧！

男：嗯，這華廈前的道路，往左有學校是吧？

女：啊？不是醫院嗎？

男：應該不是。如果是醫院的話，就會更方便了。

女人為什麼不喜歡這間華廈？

1. 房子在高樓層。
2. 價格太貴。
3. 行走太辛苦。
4. 附近沒有學校。

男人正在講話。他說明天2點要在哪裡碰面？

男：我是山田。本來說明天2點在電影院前碰面的，可是下午開始好像會下雨，所以碰面的地點要不要改在電影院旁邊的百貨公司裡面？1樓的鐘錶賣場旁邊有一個大型的電視螢幕，我想那邊應該很好找。那就明天見囉。

他說明天2點要在哪裡碰面？

1. 電影院前面。
2. 百貨公司前面。
3. 電影院的螢幕前面。
4. 百貨公司的螢幕前面。

5ばん 🎧188 （二）第12回 P.146

男の人が話しています。明日2時にどこで会おうと言っていますか。

M：あ、山田です。えー、明日2時に映画館の前で会おうと言っていましたが、午後から雨が降るそうなので、その隣のデパートの中にしませんか。1階の時計売り場の横に大きなテレビ・スクリーンがあるので、その前が分かりやすいと思います。では、明日。

明日2時にどこで会おうと言っていますか。

6ばん 🎧189 （二）第12回 P.146

男の学生と女の学生が話しています。二人はどこで、昼ご飯を食べますか。

F：わぁ、この時間、食堂は人が多いね。

M：昼休みだからね。座るところ、あるかな？

F：ない、ね…。コンビニでパンでも買って、教室で食べる？

M：それでもいいけど、隣のビルの、喫茶店に行ってみる？

F：きっとそこも、いっぱいだよ。あ、あそこ、席が空いたよ。

M：ホントだ。あ、だめだ、ほかの人が座っちゃった。

F：やっぱりだめだ。コンビニし
　　かないね。

M：そうだね。

二人はどこで、昼ご飯を食べます
か。

男學生與女學生正在交談，二人要在哪裡吃
飯？

女：哇！這個時間，餐廳人真多。
男：午休時間嘛！有位子坐嗎？
女：沒有……。我們在超商買個麵包在教室
　　吃？
男：那也是可以啦。要不要去隔壁大樓的咖啡
　　廳看看？
女：那裡一定也是客滿的。啊，那裡有空位。
男：真的耶！啊，不行，別人坐下了。
女：果然不行，還是只有超商了！
男：是啊。

二人要在哪裡吃飯？

1. 學校餐廳　　　　2. 超商
3. 教室　　　　　　4. 咖啡廳

7ばん 🎧 190 （二）第 12 回　P.147

男の学生と女の学生が話してい
ます。男の学生は、これから、
どこへ行きますか。

M：会話クラスの宿題って、ど
　　こに出せばいい？

F：クラスのウェブサイトにファ
　　イルを送ってくださいって、
　　先生言ってたよ。

M：紙で出してもいいって、言っ
　　てたよね？

F：ああ、その場合は、事務所の
　　棚に入れておくんだけど…で
　　も、ファイルでも紙でも、出
　　すのは昨日だったよね、確
　　か。

M：どうしよう…、先生にメール
　　で送るしかないか。

F：そうだね、事務所で先生の
　　メールアドレス、聞くしかな
　　いね。

M：じゃ、急いで行ってくるよ。
　　次の授業って、5階だったよ
　　ね。

F：そう、501 教室。

男の学生は、これから、どこへ
行きますか。

男學生女學生正在交談，男學生現在要去哪
裡？

男：會話的作業，要交到哪裡？
女：老師說寄到班級網頁。
男：老師說也可以交紙本，對吧？
女：那樣的話，要放在辦公室的櫃子裡。不過
　　不管是檔案還是紙本，應該都是昨天要交
　　喔。
男：怎麼辦，我只能寄到老師的信箱了。
女：對啊，只能到辦公室去問老師的 E-mail
　　了。
男：那我馬上去。下一堂課是 5 樓對吧？
女：對，501 教室。

男學生現在要去哪裡？

1 去辦公室。
2 去見老師。
3 去會話教室。
4 去 501 教室。

(三) 發話表現・第一回

1 ばん 🎧192 (三) 第1回 P.148

友_{とも}だちと6時_じに約束_{やくそく}をしていました。何_{なん}と言_いいますか。

1. ずっとお待_まちしていました。
2. お待_またせして、すみませんでした。
3. もう少々_{しょうしょう}お待_まちください。

和朋友約六點見面。見面時要說什麼？

1. 我一直等著。
2. 久等了，不好意思。
3. 請再等一會兒。

2 ばん 🎧193 (三) 第1回 P.148

レストランで料理_{りょうり}をえらんでいます。何_{なん}と言_いいますか。

1. おいしくしましょう。
2. どれかおいしいでしょう。
3. どれもおいしそうですね。

正在餐廳點餐。說了什麼呢？

1. 把它變好吃吧！
2. 哪一個好吃吧！
3. 不論哪一個都很好吃的樣子。

3 ばん 🎧194 (三) 第1回 P.149

友_{とも}だちと映画_{えいが}を見_みに行_いきたいです。何_{なん}と言_いいますか。

1. 明日_{あした}、映画_{えいが}を見_みるでしょう。↘
2. 明日_{あした}、いっしょに見_みるんですって。↘
3. 明日_{あした}、いっしょに行_いかない？↗

想邀朋友看電影。這時要怎麼說？

1. 明天、要看電影吧。（文末的重音往下）
2. 明天、一起看呀。（文末的重音往下）
3. 明天、一起去好嗎？（文末的重音往上）

4 ばん 🎧195 (三) 第1回 P.149

お客_{きゃく}さまの会社_{かいしゃ}に電話_{でんわ}をかけています。何_{なん}と言_いいますか。

1. 部長_{ぶちょう}の松本_{まつもと}さまは、何時_{なんじ}ごろおもどりになりますか。
2. 部長_{ぶちょう}の松本_{まつもと}さまは、何時_{なんじ}ごろもどってもよろしいでしょうか。
3. 部長_{ぶちょう}の松本_{まつもと}さまは、何時_{なんじ}ごろもどらせますか。

正在打電話到客戶公司。這時該說什麼呢？

1. 請問松本部長幾點回來？
2. 請問松本部長幾點方便回來？
3. 請問幾點讓松本部長回來？

5ばん 🎧196 （三）第1回 P.150

> 資料をコピーしました。会社の同りょうに何と言いますか。
>
> 1. コピーしておきましたよ。
> 2. コピーされましたよ。
> 3. コピーさせるよ。

在公司正在對同事說話。要說什麼呢？

1. 影印好了喔。
2. 被影印了喔。
3. 讓你影印喔。

2ばん 🎧198 （三）第2回 P.151

> 友だちに辞書を渡します。何と言いますか。
>
> 1. 辞書からここにあります。
> 2. 辞書でもここにあります。
> 3. 辞書ならここにあります。

把辭典交給朋友。說了什麼呢？

1. 根據辭典是在這兒。
2. 這兒有辭典之類的。
3. 辭典的話放在這兒。

（三）發話表現・第二回

1ばん 🎧197 （三）第2回 P.151

> お父さんが出かけます。何と言いますか。
>
> 1. お父さんは行ってきます。
> 2. 気をつけて行ってらっしゃい。
> 3. それでは行ってまいります。

爸爸正要出門。這時要說什麼？

1. 爸爸我去去就回。
2. 請路上小心！
3. 我去去就回。

3ばん 🎧199 （三）第2回 P.151

> 母親が子どもについて話しています。何と言いますか。
>
> 1. もうおやつが食べられるんです。
> 2. いつも甘いものをほしがるんです。
> 3. すぐアイスクリームがほしいんです。

母親正在談論關於小孩的事。她說了什麼呢？

1. 已經可以吃點心了。
2. 總是想要吃甜食。
3. 馬上就想要吃冰淇淋。

4 ばん 🎧 200 （三）第 2 回　P. 152

がくせい せんせい そうだん
学生は先生に相談したいことがあ
なん い
ります。何と言いますか。

きょう じかん
1. 今日、お時間ありますか。
せんせい はな
2. 先生と話してもいいですよ。
く
3. あとで来るつもりです。

學生想找老師談話。他說了什麼呢？

1. 請問今天有時間嗎？
2. 和老師談話也可以喔！
3. 打算之後再來。

5 ばん 🎧 201 （三）第 2 回　P. 153

び じゅつかん しゃしん と
美 術 館では写真を撮ってはいけ
なん い
ません。何と言いますか。

と
1. これ、どう撮ったらいいです
か。
つか
2. すみません、カメラを使っても
いいですか。
しゃしん と
3. すみません、写真を撮らないで
ください。

在美術館，工作人員正在說話。說了什麼呢？

1. 這個該怎麼拍好呢？
2. 不好意思，可以使用相機嗎？
3. 不好意思，請勿拍照。

(三) 發話表現・第三回

1 ばん 🎧 202 （三）第 3 回　P. 154

きょう ど よう び てん き
今日は土曜日です。テレビの天気
よ ほう なん い
予報です。何と言いますか。

あした は い
1. 明日から晴れると言います。
あした は
2. 明日は晴れるでしょう。
あした は
3. 明日も晴れるようです。

今天是禮拜六。電視的氣象預報。說了什麼
呢？

1. 說「明天開始會放晴」。
2. 明天是晴天吧！
3. 明天也是晴天的樣子。

2 ばん 🎧 203 （三）第 3 回　P. 154

おとこ こ お
男 の子がコップを落としまし
なん い
た。何と言いますか。

き つ
1. こちらこそ、気を付けてくださ
い。
2. それではごめんください。
3. しまった、ごめんなさい。

男人弄倒了玻璃杯。這時要說什麼？

1. 我才要請您小心的。
2. 那我就打擾了。
3. 慘了，對不起。

3 ばん 🎧204 （三）第3回 P.155

夫が帰ったばかりです。外は雨
が降っています。何と言います
か。

1. 雨に降られたよ。
2. 雨に降らせたよ。
3. 雨に降れたよ。

丈夫正在對太太說話。他說了什麼呢？

1. 被雨淋了。
2. 使下雨了。
3. （無此說法）

4 ばん 🎧205 （三）第3回 P.155

先輩を手伝いたいです。何と言い
ますか。

1. お手伝いします。
2. 手伝ってくれませんか。
3. 手伝ってあげましょうか。

想要幫前輩的忙。說了什麼呢？

1. 我來幫您。
2. 你可以幫忙嗎？
3. 我來幫忙好嗎？

5 ばん 🎧206 （三）第3回 P.156

駅員が客に話しています。電車
が遅れます。何と言いますか。

1. 電車が遅いので、事故になりま
す。
2. 電車が遅れて、事故のようで
す。
3. 事故のため、電車が遅れていま
す。

站務員正在和乘客說話。說了什麼呢？

1. 因為電車誤點，所以發生事故。
2. 因為電車誤點，好像事故的樣子。
3. 因為事故，所以電車誤點。

（三）發話表現・第四回

1 ばん 🎧207 （三）第4回 P.157

さいふを見つけました。何と言い
ますか。

1. 落ちそうですよ。
2. 落としましたよ。
3. 落ちついていますよ。

發現錢包了。說了什麼呢？

1. 好像要掉下來了喔！
2. 掉了喔！
3. 我很鎮定喔！

友だちがマスクをしています。何と言いますか。

1. 熱は下がりましたか。
2. 風邪を引きそうですか。
3. お元気でしたか。

朋友戴著口罩。說了什麼呢？

1. 退燒了嗎？
2. 好像要感冒的樣子嗎？
3. 最近過的好嗎？

友だちにすすめています。何と言いますか。

1. これ、食べたことある？
2. これ、食べてあげた？
3. これ、食べたがっている？

正在向朋友推薦。說了什麼呢？

1. 這個，吃過嗎？
2. 這個，幫你吃過了嗎？
3. 這個，想吃嗎？

授業が終わって、教室を出ます。何と言いますか。

1. では、今から始まります。
2. じゃあ、お先に。またね。
3. 次の方、どうぞこちらへ。

下課走出教室。說了什麼呢？

1. 那就從現在開始。
2. 那我先走了，再見。
3. 下一位，這邊請。

道で久しぶりに先生に会いました。何と言いますか。

1. 先生、昨日お元気でした。
2. 先生、これからもお元気で。
3. 先生、お元気でしたか。

在路上見到許久不見的老師。這時要說什麼呢？

1. 老師昨天很好。
2. 老師，祝您之後一切都好。
3. 老師您一直以來都好嗎？

(三) 發話表現・第五回

1 ばん 🎧 212 (三) 第 5 回　P. 160

> 買い物をしました。クレジットカードで払います。何と言いますか。
>
> 1. クレジットカードで払ってください。
> 2. クレジットカードが使えますか。
> 3. クレジットカードを見せるつもりです。

去購物。用信用卡付帳。這時要說什麼呢？

1. 請用信用卡付。
2. 可以用信用卡嗎？
3. 打算給你看信用卡的。

2 ばん 🎧 213 (三) 第 5 回　P. 160

> 雨が降りそうです。会社の人が出かけます。何と言いますか。
>
> 1. 傘を持たせてください。
> 2. 傘を持っていったほうがいいですよ。
> 3. 傘を持たなくてもいいですよ。

似乎快下雨了。公司的人要離開。這時要說什麼呢？

1. 請讓我帶傘。
2. 最好帶傘去喔！
3. 不帶傘去也可以喔！

3 ばん 🎧 214 (三) 第 5 回　P. 161

> 友達が暗い教室で本を読んでいます。何と言いますか。
>
> 1. 電気、消してもいい？
> 2. 電気、付けようか？
> 3. 電気、付けたままだよ。

朋友在光線暗的教室看書。這時要說什麼呢？

1. 電燈可以關掉嗎？
2. 開燈吧？
3. 電燈開著喔！

4 ばん 🎧 215 (三) 第 5 回　P. 161

> 靴を買う前に履いてみたいです。店の人に何と言いますか。
>
> 1. これ、履かなければなりませんか。
> 2. これ、履いてみたらどうですか。
> 3. これ、履いてみてもいいですか。

買鞋前想試穿。這時要對店員說什麼呢？

1. 這個非穿不可嗎？
2. 這個穿穿看如何？
3. 這個穿看看，可以嗎？

5 ばん 🎧216 (三)第 5 回 P. 162

でんしゃ
電車を降りました。切符がありま
せん。何と言いますか。

1. 切符を見せてください。
2. 切符を落としたことがあるんで
　す。
3. 切符をなくしてしまったんで
　す。

下了電車。車票不見了。這時要說什麼呢？

1. 請給我看車票。
2. 我曾掉了車票。
3. 我弄丟了車票。

㈢ 發話表現・第六回

1 ばん 🎧217 (三)第 6 回 P. 163

えき きゃく きっぷ か
駅でお客さんが切符を買いたい
です。何と言いますか。

1. どちらまでいらっしゃいます
　か。
2. お客様はいらっしゃいません
　か。
3. それでは行ってまいります。

客人在車站想要買車票，要說什麼？

1. 您要去哪裡？
2. 客人您不去嗎？
3. 那我去去就回。

---

2 ばん 🎧218 (三)第 6 回 P. 163

え かざ なん い
絵を飾ります。何と言いますか。

1. もっと上にかいてください。
2. 壁より上においたほうがいい
　よ。
3. もう少し上にかけたほうがいい
　んじゃない？

掛畫裝飾牆壁，要說什麼？

1. 畫上面一點。
2. 比牆上面一點比較好。
3. 再掛上面一點比較好。

---

3 ばん 🎧219 (三)第 6 回 P. 164

きゃく
お客さんにおみやげをもらいま
なん い
した。何と言いますか。

1. 　よろしかったらどうぞ皆さん
　　で。
2. 　すみません、では遠慮なくい
　　ただきます。
3. 　つまらないものですが、ちょ
　　うだいします。

從客人那裡得到土產，要說什麼？

1. 不棄嫌的話，請大家一起吃。
2. 不好意思，那我就收下了。
3. 一點小意思，我收下了。

4 ばん 🎧 220 （三）第 6 回 P. 164

図書館のスタッフが本の借り方を
説明しています。何と言います
か。

1. この本を借りていただきたいん
   ですが。
2. この本は貸せないんです。
3. この本なら貸してもいいです。

圖書館員正在說明，要說什麼？

1. 我想請您幫我借這本書。
2. 這本書不可以借。
3. 這本書的話，可以借。

5 ばん 🎧 221 （三）第 6 回 P. 165

旅館に着きました。何と言います
か。

1. 二日間、おせわになります。
2. はじめまして、よくいらっしゃ
   いました。
3. 今までありがとうございまし
   た。

抵達旅館，要說什麼？

1. 二天的時間，要麻煩你們了。
2. 您好，歡迎光臨。
3. 一直以來，謝謝您了。

㈢ 發話表現・第七回

1 ばん 🎧 222 （三）第 7 回 P. 166

学生がもらったプリントはほかの
人より少ないです。何と言います
か。

1. 先生、少なくしてください。
2. 先生、少しだけあります。
3. 先生、一枚足りません。

學生拿到的講義比別人少，要說什麼？

1. 老師，少一點。
2. 老師，只有一點點。
3. 老師，不夠 1 張。

2 ばん 🎧 223 （三）第 7 回 P. 166

自分で作ったケーキを友だちにあ
げたいです。何と言いますか。

1. 今、ケーキをもらえますか。
2. 今から息子に持っていかせま
   す。
3. 今すぐいただきに行きます。

想送朋友自己做的蛋糕，要說什麼？

1. 現在我可以去跟你拿蛋糕嗎？
2. 我現在讓我兒子拿去給你。
3. 我現在馬上去拿。

3 ばん 🎧224 （三）第 7 回　P. 167

<kǔ えら 靴を選んでいます。店の人にもう少し小さいサイズの靴を持ってきてほしいです。何と言いますか。

1. もう少し、小さくしないですか。
2. もう少し、小さいのはありますか。
3. もう少し、小さくなりたいです。

在選鞋子，要店裡的人拿小一點的鞋子來。要說什麼？

1. 不改小一點嗎？
2. 有稍微小一點的嗎？
3. 我想要變小一些。

4 ばん 🎧225 （三）第 7 回　P. 167

学生は先生に本を返します。何と言いますか。

1. もしよろしかったら、どうぞ。
2. とても役に立ちました。
3. お貸ししましょうか。

學生還書給老師，要說什麼？

1. 不棄嫌的話，請收下。
2. 發揮了很大的功用。
3. 我借您吧？

5 ばん 🎧226 （三）第 7 回　P. 168

男の人が、友だちと店に入ります。何と言いますか。

1. ご注文はお決まりですか。
2. いらっしゃいませ、4名様ですか。
3. すみません、予約した高橋です。

男士與朋友要進入店裡，要說什麼？

1. 您決定要點什麼了嗎？
2. 歡迎光臨，4 位嗎？
3. 不好意思，我是預約過的高橋。

（三）發話表現・第八回

1 ばん 🎧227 （三）第 8 回　P. 169

部屋が暗いです。友だちにたのみます。何と言いますか。

1. もうあけてもいいです。
2. 早く開いてください。
3. ちょっとつけてくれませんか。

房間昏暗，向朋友拜託，要說什麼？

1. 可以打開了。
2. 快打開。
3. 幫我開燈好嗎？

2ばん 🎧228 （三）第8回 P.169

新しい靴を買いました。何と言いますか。

1. このくつ、歩きやすいんです。
2. このくつ、よく歩きます。
3. このくつは、歩いてもいいです。

買了新的鞋子，要說什麼？

1. 這鞋子很好穿。
2. 這鞋子常常走路。
3. 這鞋子走路也沒問題。

3ばん 🎧229 （三）第8回 P.170

先輩が昼ご飯を食べています。何と言いますか。

1. いっしょに食べてもいいですか。
2. 先に食べてもらいます。
3. お先に失礼します。

前輩在吃午餐說話，要說什麼？

1. 可以一起吃嗎？
2. 讓她先吃。
3. 我先走了。

4ばん 🎧230 （三）第8回 P.170

先生が明日の運動会の時間を説明しています。何と言いますか。

1. 明日は遅刻しなくてもいいです。
2. 明日は遅れないようにしてください。
3. 明日は絶対遅刻しません。

老師在說明明天運動會的時間，要說什麼？

1. 明天不遲到也沒關係。
2. 明天不要遲到了。
3. 明天絕對不遲到。

5ばん 🎧231 （三）第8回 P.171

空が暗くなってきました。雨が降りそうです。何と言いますか。

1. あ、雨が降りそうだ。早く帰りたがります。
2. あ、雨が降りそうだ。早く帰ったことがある。
3. あ、雨が降りそうだ。早く帰ったほうがいいよ。

天空暗下來，似乎就要下雨了，要說什麼？

1. 啊，快要下雨了。想早回家。
2. 啊，快要下雨了。我曾早早就回家。
3. 啊，快要下雨了。早點回去比較好。

(四) 即時應答・第一回

1 ばん 🎧233 (四) 第1回

> F ：外は暗いですから、気をつけ
> てくださいね。
>
> M：1. 後で明るくなるでしょう。
>   2. はい。ありがとうございま
>   す。
>   3. では、お先にどうぞ。

女：外面昏暗，請小心喔！
男：1. 等一下會變明亮吧！
　　2. 好的，謝謝。
　　3. 那麼，您先請。

2 ばん 🎧234 (三) 第1回

> F ：来週お祭りに行くんです
> が、一緒にどうですか。
>
> M：1. ええ、どうか行ってきてく
>   ださい。
>   2. ううん、あまり行きません
>   ね。
>   3. ええ、ぜひご一緒させてく
>   ださい。

女：下禮拜我要去參加祭典，要一起去嗎？
男：1. 好啊，請您千萬去去就回。
　　2. 不，我不常太去。
　　3. 好啊，請務必讓我一起去。

3 ばん 🎧235 (三) 第1回

> F ：どうぞ ごらんください。
>
> M：1. はい、ぜひお見せします。
>   2. では、はいけんします。
>   3. どうか、ごらんになりま
>   す。

女：請您過目。
男：1. 好的，一定給您看。
　　2. 那麼，我就拜讀。
　　3. 請您要過目。

4 ばん 🎧236 (三) 第1回

> F ：この本を山田さんに渡してく
> れませんか。
>
> M：1. いいですよ。あとでお渡し
>   になります。
>   2. わかりました。あとで渡し
>   ておきます。
>   3. そうですか。あとで渡して
>   もらいます。

女：請您將這本書拿給山田好嗎？
男：1. 好的，等一下您會拿。
　　2. 好的，等一下我會拿給他。
　　3. 這樣啊，等一下叫他拿。

5ばん 🎧237 （三）第1回

F ：スマホを買（か）いたいんですが、どこがいいですか。

M：1. それなら、駅（えき）のそばの店（みせ）が安（やす）くていいですよ。
 2. そうですか。じゃ、それにしましょう。
 3. そうですね、いつがいいかわかりません。

女：我想買智慧型手機，哪裡買好呢？
男：1.那樣的話，車站附近的店便宜又好喔！
 2.這樣啊，那麼就選那個吧！
 3.這樣啊，不知道什麼時候好。

6ばん 🎧238 （三）第1回

F ：あ、たいへんだ。この車（くるま）、ガソリンがなくなりそうですよ。

M：1. ほんとうだ。早（はや）く入（い）れたほうがいいですね。
 2. 今朝（けさ）、なくなるそうですね。
 3. はい、いつも困（こま）っているんです。

女：糟了！這車快沒油了喔。
男：1.真的耶！趕快加油才好！
 2.聽說今天早上就要沒有了。
 3.是啊，總是很傷腦筋。

7ばん 🎧239 （三）第1回

F ：雨（あめ）がふっていますね。きょうは、買（か）い物（もの）に行（い）きますか。

M：1. 雨（あめ）だし、お金（かね）もないので行（い）きません。
 2. 天気（てんき）がいいので、行きましょう。
 3. 雨（あめ）はふらないそうです。

女：在下雨呢，今天要去買東西嗎？
男：1.在下雨，又沒有錢，就不去了。
 2.天氣好，所以就去吧！
 3.聽說不會下雨。

8ばん 🎧240 （三）第1回

M1：上山（かみやま）くん、先週（せんしゅう）のレポートは終（お）わったんですか。

M2：1. はい、明日（あした）からです。
 2. 今（いま）、やっているところです。
 3. いいえ、終（お）わってくれませんでした。

男１：上山同學，上禮拜的報告完成了嗎？
男２：1.是的，從明天開始。
 2.現在正在做。
 3.不，完成不了。

(四) 即時應答・第二回

1 ばん 🎧 241 (三) 第 2 回

F : このテストは、ひらがなで書いてもいいですか。

M : 1. ううん。無理に書かなくてもいいです。

2. ええ、もちろん、いいですよ。

3. そうですね、ぜひ書いてみてください。

女：這項考試可以用平假名寫嗎？
男：1. 不可以。可以不用勉強寫。
　　2. 是的，當然可以喔。
　　3. 這樣啊，請你務必寫寫看。

2 ばん 🎧 242 (三) 第 2 回

F : あした、いっしょに出かけませんか。

M : 1. ええ、家にいるつもりです。

2. いいえ、よく考えてから、出かけてみます。

3. すみません、あしたは友だちがうちに来る予定なんです。

女：明天要不要一起出門？
男：1. 好，我打算待在家。
　　2. 不，仔細想想後再試著出門。
　　3. 不好意思，明天有朋友要來我家。

3 ばん 🎧 243 (三) 第 2 回

F : すてきな帽子だね。どこで買ったの？

M : 1. これは兄がくれたの。

2. それは、誕生日にあげたの。

3. ええ、私が買ったの。

女：好棒的帽子，在哪裡買的？
男：1. 這是我哥哥給我的。
　　2. 那是生日時給的。
　　3. 對，是我買的。

4 ばん 🎧 244 (三) 第 2 回

F : 私のスマホ、どこにあるか知らない？

M : 1. 残念ですが、わかりませんでした。

2. じゃ、教えてもらいましょうか。

3. えっ、ないんですか。

女：你知道我的智慧型手機在哪裡嗎？
男：1. 可惜，過去我不知道。
　　2. 那麼，請告訴我。
　　3. 啊，沒有嗎？

5ばん 🎧245 (三) 第2回

F ：もうこんな時間だね。晩ご飯
　　は何にしようか。

M：1. 何時でもいいんじゃない？

　　2. うんー、パスタはどう？

　　3. それがいいね。

女：已經這個時間了啊！晚餐吃什麼好呢？
男：1. 幾點都好吧！
　　2. 嗯，義大利麵如何？
　　3. 那個不錯。

6ばん 🎧246 (三) 第2回

F ：あ、森田さん、かぜの具合は
　　どうですか。

M：1. ありがとうございます、
　　　すっかり治りました。

　　2. ええ、ぜひ休んでくださ
　　　い。

　　3. おかげさまで。お大事に。

女：啊，森田，你感冒怎麼樣了？
男：1. 謝謝你，我都好了。
　　2. 好的，請務必休息。
　　3. 托您的福，請務必休息。

7ばん 🎧247 (三) 第2回

F ：川田さんはケーキを作ったこ
　　とがありますか。

M：1. はい、よく食べます。

　　2. 冷蔵庫に入れてあります。

　　3. はい、一度だけ。でも、う
　　　まくできませんでした。

女：川田先生您做過蛋糕嗎？
男：1. 是的，我常吃。
　　2. 我冰在冰箱裡。
　　3. 是的，只有一次。不過，不太順利。

8ばん 🎧248 (三) 第2回

F ：川田さん、会社をやめてから
　　どうするか、決めましたか。

M：1. はい、やめさせました。

　　2. ええ、銀行で働いたこと
　　　があります。

　　3. 1年間アメリカに留学す
　　　るつもりです。

女：川田先生，您決定好辭去工作後要做什麼
　　了嗎？
男：1. 是的，我讓他辭了。
　　2. 是的，我在銀行工作過。
　　3. 我打算留學美國一年。

(四) 即時應答・第三回

1 ばん 🎧249 (三) 第3回

F：先輩、あのう、試験について
教えてもらえませんか。

M：1. ぜひ、お願いしたいです。

2. うん、何でも聞いて。

3. それはよかったですね。

女：學長，您可以告訴我考試的事嗎？
男：1. 務必要麻煩您。
　　2. 好，你儘管問。
　　3. 那真是太好了。

2 ばん 🎧250 (三) 第3回

F：わあ、すごい雪ですね。駅ま
で車で送りましょうか

M：1. すみません。今日は車で
来ます。

2. 本当、もうすぐ降りそうで
すね。

3. いいんですか。すみません
ね。

女：哇！好大的雪，我開車送你去車站好嗎？
男：1. 不好意思，今天我會開車來。
　　2. 真的馬上就要下了耶。
　　3. 真的可以嗎？不好意思。

3 ばん 🎧251 (三) 第3回

F：すみません。部長、今、お
時間、よろしいですか。

M：1. はい、何でしょうか。

2. はい、お電話かわりまし
た、田中です。

3. はい、今6時半です。

女：不好意思，部長，您現在時間方便嗎？
男：1. 可以，什麼事呢？
　　2. 您好，電話換人接聽了，我是田中。
　　3. 好，現在6點半。

4 ばん 🎧252 (三) 第3回

F：お茶、もう一杯いかがです
か。

M：1. いえ、もうけっこうです。

2. はい、私のお茶です。

3. ええ、よかったですね。

女：您是否要再來一杯茶？
男：1. 不，不用了。
　　2. 好，我的茶。
　　3. 嗯，太好了。

5 ばん 🎧 253 （三）第 3 回

F ：来週 までにレポートを出す
　　 ようにしてください。

M ：1. はい、先週 もそうです。

　　 2. わかりました、できるだけ
　　　　 早く出します。

　　 3. すみません、今日はちょっ
　　　　 と…。

女：請將報告在下禮拜之前交出。
男：1. 好，上禮拜也是。
　　2. 我知道了，我會儘快交出。
　　3. 不好意思，今天（不方便）。

6 ばん 🎧 254 （三）第 3 回

F ：部長、ちょっとよろしいで
　　 しょうか。

M ：1. はい、大丈夫ですよ、ど
　　　　 うぞ。

　　 2. いいえ、それはあまりよく
　　　　 ないですね。

　　 3. ああ、それはよかったです
　　　　 ね。

女：部長，打擾您一下方便嗎？
男：1. 可以，沒問題，請說。
　　2. 不可以，那不太好喔。
　　3. 啊，那真太好了！

7 ばん 🎧 255 （三）第 3 回

F ：すみません、ちょっと、パソ
　　 コンを使わせていただけます
　　 か。

M ：1. はい、ご遠慮ください。

　　 2. はい、かまいませんよ。ど
　　　　 うぞ。

　　 3. はい、さしあげます。

女：不好意思，可以讓我使用一下電腦嗎？
男：1. 好，請不要。
　　2. 好的，沒問題，請。
　　3. 好，我給您。

8 ばん 🎧 256 （三）第 3 回

F ：今日のパーティー、一緒に行
　　 けなくてごめんね。

M ：1. 大丈夫だよ。次は行きま
　　　　 す。

　　 2. うん、それはよかった。

　　 3. 気にしないで、今度はぜひ
　　　　 一緒に。

女：今天不能跟你一起去派對，對不起。
男：1. 沒關係啊，下次我會去。
　　2. 嗯，那太好了。
　　3. 妳別在意，下次一定一起去。

第三回

1 ばん　257 （四）第 4 回

M：あれ？かぎがあいているよ。

F ：1. あ、私もあいてあるの。
　　2. あ、私があいているの。
　　3. あ、私があけておいたの。

男：咦？沒上鎖喔！
女：1. 啊！我也開著。
　　2. 啊！我也打開。
　　3. 啊！我打開的。

2 ばん　258 （四）第 4 回

F: 何しているの？

M: 1. 先生に言って、掃除されているんだよ。
　　2. 先生に言われて、掃除しているんだよ。
　　3. 先生に言わせて、掃除をしているんだよ。

女：你在做什麼呢？
男：1. 跟老師說，正在被我打掃喔。
　　2. 老師叫我，我正在打掃啦。
　　3. 讓老師說，正在打掃喔。

3 ばん　259 （四）第 4 回

M: 山下さんも、みんなと一緒に行こうよ。

F ：1. わたしはほとんど行きません。
　　2. わたしは遠慮しておくわ。
　　3. わたしも一緒でした。

男：山下小姐也跟大家一起去吧。
女：1. 我幾乎不去。
　　2. 那我就先不去了。
　　3. 我也一起了。

4 ばん　260 （四）第 4 回

M：お母さん、ごはんまだ？

F ：1. はいはい、もうすぐですよ。
　　2. いえいえ、ちょうどですよ。
　　3. まだまだ、できるわよ。

男：媽媽，飯還沒煮好嗎？
女：1. 快了快了，馬上就好了。
　　2. 不是不是，恰好。
　　3. 還沒還沒，還可以做喔！

5ばん 🎧261 (四)第4回

F：そろそろみんな来る時間だね。

M：1. うん、まだ時間たくさんあるね。
    2. あ、もうすぐ約束の5時だね。
    3. そう、もう来ないかもしれないね。

女：也差不多到了大家要來的時間了。
男：1. 嗯，還很充裕呢！
    2. 啊！快要到了約定的5點了。
    3. 是，或許已經不會來了。

6ばん 🎧262 (四)第4回

M：コーヒー一つと紅茶一つください。

F：1. ごちそうさまでした。
    2. いらっしゃいました。
    3. かしこまりました。

男：咖啡和紅茶請各一杯。
女：1. 謝謝招待。
    2. 謝謝光臨。
    3. 我知道了。

7ばん 🎧263 (四)第4回

F：会議はいつから始めますか。

M：1. うーん、昼休みの後にしようか。
    2. そうだなあ、午後までだね。
    3. じゃあ、昨日からがいいかもしれないな。

女：會議是幾點開始呢？
男：1. 嗯，午休後開始吧！
    2. 對啊！到中午過後。
    3. 那麼從昨天開始也許比較好。

8ばん 🎧264 (四)第4回

M：明日いい天気なら、どこか行きませんか？

F：1. じゃあ、バスなんかどう？
    2. 海まで車でドライブがいいな。
    3. 天気は悪くないね。

男：明天如果是好天氣的話，要不要去哪裡玩呢？
女：1. 那麼，搭巴士如何呢？
    2. 開車到海邊兜風不錯呢！
    3. 天氣不錯耶！

1 ばん　🎧 265 （四）第 5 回

F：これ、コピー 5 部ですね。

M：1. うん、悪いね。よろしく。
　　2. うん、いいね。それにしよう。
　　3. うん、それじゃあ、また。

女：這些資料要影印 5 份吧！
男：1. 嗯，不好意思！麻煩妳了。
　　2. 嗯，不錯喔！就這麼辦吧！
　　3. 好啊！後會有期。

2 ばん　🎧 266 （四）第 5 回

M：プリント、机の上においておいたよ。

F：1. はい、すぐお見せします。
　　2. えっ、まだ見ないんですか。
　　3. あ、もう見てくださったんですね。

男：資料我已經放在妳辦公桌上了喔！
女：1. 是的，馬上讓您看看。
　　2. 什麼？你還沒看嗎？
　　3. 啊！您已經幫我看過了呀！

3 ばん　🎧 267 （四）第 5 回

M：大変そうですね。お持ちしましょうか？

F：1. あ、今来たばかりですから。
　　2. はい、ぜひどうぞ。
　　3. いえ、軽いのでけっこうですよ。

男：看起來辛苦的樣子！要不要我幫妳拿？
女：1. 啊！我才剛到！
　　2. 是的，務必請拿。
　　3. 不會啊！東西很輕，我自己來就可以。

4 ばん　🎧 268 （四）第 5 回

F：あれ、お父さんは？もう 7 時なのに。

M：1. ぼく、起こしてくるよ。
　　2. ぼく、起きてくるよ。
　　3. ぼく、起きられるよ。

女：咦！爸爸呢？已經 7 點了。
男：1. 我去叫爸爸起床。
　　2. 我慢慢起來了。
　　3. 我起得來喲！

5ばん 🎧269 （四）第5回

M：子どものころ、よく母におこ
られたよ。

F：1. いつおこったのですか？
　　2. どうしておこられたのです
　　　か？
　　3. なぜおこっているのです
　　　か？

男：我小時候經常被母親罵。
女：1. 何時被罵了？
　　2. 為什麼被罵了呢？
　　3. 為何罵？

6ばん 🎧270 （四）第5回

F：こちらのめがねはいかがです
か？

M：1. 見やすくなりました。
　　2. 高くなります。
　　3. よく見たがります。

女：這邊的眼鏡覺得如何呢？
男：1. 看得很清楚了。
　　2. 變高了。
　　3. 想要看清楚。

7ばん 🎧271 （四）第5回

F：今日はずいぶん道がすいてい
ますね。

M：1. はい、バスがなかなか進み
ません。
　　2. はい、日曜日ですから、
車が少ないんでしょう。
　　3. はい、間に合わないかもし
れませんね。

女：今天路上很空呢！
男：1. 是啊！公車一直無法前進。
　　2. 是啊！因為是週日，路上車子少的緣
　　　故吧？
　　3. 是啊！或許我們會來不及呢！

8ばん 🎧272 （四）第5回

M：もうすぐ退院だそうですね。

F：1. ええ、おかげさまで。
　　2. はい、お大事に。
　　3. いいえ、こちらこそ。

男：聽說馬上要出院了。
女：1. 是啊！托您的福。
　　2. 是，請保重。
　　3. 那裡，彼此彼此。

1 ばん 273 （四）第6回

F：あの、予約した中田ですが。

M：1. はい、うかがっております。
2. はい、受付中です。
3. はい、受けられます。

女：您好，我是預約訂位的田中…。
男：1.是，您好，請說。
　　2.是，受理中。
　　3.是，接受了。

2 ばん 274 （四）第6回

M：宿題の作文は、もうできましたか？

F：1. 書いていました。
2. 書いてきました。
3. 書いてくれました。

男：作業的作文妳寫好了嗎？
女：1.我正寫好了。
　　2.我寫好了。
　　3.給我寫了。

3 ばん 275 （四）第6回

F：ここから公園までどのくらいですか？

M：1. 3キログラムです。
2. 3分です。
3. 3階です。

女：從這裡到公園需要多久時間呢？
男：1.3公克。
　　2.3分鐘。
　　3.在3樓。

4 ばん 276 （四）第6回

M：ご主人もごいっしょですか？

F：1. あ、夫は今日来ません。
2. はい、いらっしゃいます。
3. 家内はあとで参加します。

男：您先生也一同出席嗎？
女：1.啊！我先生今天不過來。
　　2.是的，會蒞臨。
　　3.我太太之後才參加。

5ばん 🎧277 （四）第6回

F：お食事代は、お二人さまごいっしょですか？

M：1. じゃあ、6時からにします。

2. いえ、こちらでいただきます。

3. あ、別でお願いします。

女：用餐的費用是兩位一起算嗎？
男：1. 那麼，我們從6點開始。
　　2. 不是，我們在這邊吃。
　　3. 啊！請分開算。

6ばん 🎧278 （四）第6回

M：友だちも連れて行ってもいいですか？

F：1. ほんとうです。

2. もちろんです。

3. めずらしいです。

男：我可以帶朋友一起去嗎？
女：1. 是真的。
　　2. 當然可以。
　　3. 難得一見。

7ばん 🎧279 （四）第6回

F：友だちが病気のとき、どうしますか？

M：1. 薬を買ってきてあげます。

2. 病院を見てあげます。

3. 医者になってもらいます。

女：當朋友生病的時候，你會怎麼做呢？
男：1. 去買藥給他。
　　2. 讓他看醫院。
　　3. 請他成為醫生。

8ばん 🎧280 （四）第6回

M：このいす、どうですか。

F：1. そうですか。じゃ、これにします。

2. はい、そうしましょう。

3. いいんじゃないですか。

男：這張椅子，如何？
女：1. 這樣啊，那就選這個吧！
　　2. 好的，就那麼辦吧！
　　3. 應該可以吧！

（四）即時應答・第七回

1 ばん 🎧281 （四）第 7 回

M：このあいだは、おくりものを
いただきましてありがとうご
ざいました。

F： 1. お好きですか？
2. いえ、つまらないものです
が。
3. はい、またさしあげてもい
いです。

男：非常感謝妳前幾天送的禮物。
女：1. 你喜歡嗎？
2. 哪裡，只是個小禮物罷了。
3. 好啊！我還可以再送給你。

2 ばん 🎧282 （四）第 7 回

F：日本へ行ったことがあります
か？

M： 1. はい、一度だけですが。
2. ぜひ行ってみたいです。
3. もちろん、行ったほうがい
いですね。

女：你曾經去過日本嗎？
男：1. 有啊！只去過一次。
2. 我一定要去看看。
3. 當然嘍，去看看比較好呢！

3 ばん 🎧283 （四）第 7 回

F：あ、もしもし、今どこです
か？

M： 1. 今ちょうど留守なんです。
2. 今電話するところです。
3. ちょうど駅に着いたところ
です。

女：喂！你在哪裡呢？
男：1. 我正好不在。
2. 我正要講電話。
3. 我正好剛到車站。

4 ばん 🎧284 （四）第 7 回

M：外で大きい音がしましたね。

F： 1. もうすぐ聞こえるでしょ
う。
2. ちょっとまどから見てみま
す。
3. さっき見たかもしれませ
ん。

男：剛剛外面發出好大的聲響呢！
女：1. 很快的你就會聽到了吧！
2. 我從窗戶看一下。
3. 或許剛剛已經看到了。

5ばん 🎧 ⑤285 （四）第 7 回

F：ご注文（ちゅうもん）は？

M：1. わたしはカレーライスにします。
2. わたしからはカレーライスをどうぞ。
3. わたしならカレーライスを作（つく）ります。

女：請問點什麼呢？
男：1. 我要點咖哩飯。
　　2.（無此說法）
　　3. 如果是我的話，我會做咖哩飯。

6ばん 🎧 ⑤286 （四）第 7 回

M：少（すこ）し休（やす）みませんか？

F：1. では、お茶（ちゃ）でも飲（の）みましょう。
2. じゃ、今日（きょう）は休（やす）みます。
3. よく仕事（しごと）をやりたがります。

男：要不要稍做休息？
女：1. 那，我們喝杯茶吧！
　　2. 那麼，今天就到此為止。
　　3. 他有強烈的工作意願。

7ばん 🎧 ⑤287 （四）第 7 回

F：家（いえ）でパーティするんだけど、よかったら来（こ）ない？

M：1. えっ、行（い）ったんですか。
2. きっと来（き）ませんよ。
3. はい、行（い）きたいです。

女：要在家裡辦派對，你要不要來？
男：1. 啊！你去了啊？
　　2. 一定不會來的。
　　3. 好啊！我想去。

8ばん 🎧 ⑤288 （四）第 7 回

F：てんぷらを食（た）べるのは、初（はじ）めてですか。

M：1. これから始（はじ）めます。
2. ほとんど食（た）べてしまいました。
3. いいえ、二度目（にどめ）です。

女：你第一次吃天婦羅嗎？
男：1. 現在開始吃。
　　2. 幾乎都吃完了。
　　3. 不是，是第 2 次。

(四) 即時應答・第八回

1 ばん 🎧 289 （四）第 8 回

M：今度みんなで行く旅行、どこ
にしようか。

F：1. うん、そうしよう。
　　2. どこでもいいよ。
　　3. 行ったことがないよ。

男：下次大家一起去旅行，想去哪？
女：1. 好，去吧！
　　2. 哪裡都好。
　　3. 沒去過。

2 ばん 🎧 290 （四）第 8 回

M：このペン、ちょっと書きにく
いですね。

F：1. 本当によく書けますね。
　　2. じゃあ、こちらを使ってく
　　　ださい。
　　3. ちょっと安いですよ。

男：這枝筆，有點難寫。
女：1. 真的好會寫啊！
　　2. 那，請用這枝。
　　3. 有點便宜喔！

3 ばん 🎧 291 （四）第 8 回

F：大学を卒業したら、どうする
んですか。

M：1. デパートで働くことにし
　　　ました。
　　2. デパートへ行くところで
　　　す。
　　3. デパートでアルバイトをし
　　　たことがあります。

女：大學畢業後，想做什麼？
男：1. 決定在百貨公司工作。
　　2. 正要去百貨公司的時候。
　　3. 曾在百貨公司打工。

4 ばん 🎧 292 （四）第 8 回

F：鈴木さんはいらっしゃいます
か。

M：1. はい。ちょっとお待ちくだ
　　　さい。
　　2. はい。お待ちになります。
　　3. はい。待っていただきま
　　　す。

女：鈴木先生在嗎？
男：1. 在，請您稍等。
　　2. 在，您在等。
　　3. 在，您等。

5ばん 🎧293 （四）第8回

M：あのう、ちょっとお願いした
　　いことがあるんですが。

F：1. いいえ、ありませんよ。
　　2. はい、何でしょうか。
　　3. こちらこそ、お願いしま
　　　す。

M：我有事情想麻煩妳。
女：1. 不，沒有。
　　2. 是，什麼事？
　　3. 我才要麻煩你。

6ばん 🎧294 （四）第8回

M：雨が降ってきたよ。傘を持っ
　　ていきなさい。

F：1. あ、駅まで近いから大丈
　　　夫です。
　　2. それは、ちょっと失礼で
　　　すね。
　　3. すみません、持って行き
　　　ます。

M：下雨了喔！帶把傘去吧！
F：1. 到車站很近，沒關係。
　　2. 那，就失禮了。
　　3. 不好意思，我拿去。

7ばん 🎧295 （四）第8回

M：昨日の映画、どうでしたか？

F：1. もうたくさんです！
　　2. もう、すごくよかったで
　　　す！
　　3. もう一度ですね。

M：昨天的電影如何？
F：1. 真是夠了。
　　2. 真的好棒！
　　3. 再一次吧！

8ばん 🎧296 （四）第8回

M：ねえ、洋子ちゃんの誕生日
　　に何をプレゼントする？

F：1. プレゼントはけっこうで
　　　す。
　　2. 明るい色がいいです。
　　3. ネックレスがいいかも
　　　ね。

M：洋子的生日你要送什麼禮物？
F：1. 禮物就不用了。
　　2. 明亮的顏色好。
　　3. 項鍊也許不錯。

解 答

問題（一）

第一回	1	2	3	4	5	6	7	8
	3	4	4	3	2	4	2	3

第二回	1	2	3	4	5	6	7	8
	1	1	4	1	3	1	3	1

第三回	1	2	3	4	5	6	7	8
	2	2	2	4	2	3	2	2

第四回	1	2	3	4	5	6	7	8
	4	3	3	4	3	2	4	3

第五回	1	2	3	4	5	6	7	8
	1	2	3	1	1	4	1	1

第六回	1	2	3	4	5	6	7	8
	1	3	4	2	1	2	3	2

第七回	1	2	3	4	5	6	7	8
	2	4	3	2	3	3	3	2

第八回	1	2	3	4	5	6	7	8
	4	4	2	3	4	1	2	3

問題（二）

第一回	1	2	3	4	5	6	7
	3	1	4	1	3	1	2

第二回	1	2	3	4	5	6	7
	1	4	3	1	4	1	4

第三回	1	2	3	4	5	6	7
	1	1	4	2	2	2	3

第四回	1	2	3	4	5	6	7
	3	4	3	3	3	2	3

第五回	1	2	3	4	5	6	7
	4	1	4	2	3	1	2

第六回	1	2	3	4	5	6	7
	4	1	2	4	2	1	4

第七回	1	2	3	4	5	6	7
	1	1	3	1	1	1	1

第八回	1	2	3	4	5	6	7
	2	3	3	2	3	2	3

第九回	1	2	3	4	5	6	7
	1	4	4	3	1	4	4

第十回	1	2	3	4	5	6	7
	1	1	4	1	1	2	3

第十一回	1	2	3	4	5	6	7
	2	4	2	4	4	1	2

第十二回	1	2	3	4	5	6	7
	3	1	2	1	4	3	1

問題（三）	第一回	1	2	3	4	5
		2	3	3	1	1
	第二回	1	2	3	4	5
		2	3	2	1	3
	第三回	1	2	3	4	5
		2	3	1	1	3
	第四回	1	2	3	4	5
		2	1	2	1	3
	第五回	1	2	3	4	5
		2	2	2	3	3
	第六回	1	2	3	4	5
		1	3	2	2	1
	第七回	1	2	3	4	5
		3	2	2	2	3
	第八回	1	2	3	4	5
		3	1	1	2	3

問題（四）	第一回	1	2	3	4	5	6	7	8
		2	3	2	2	1	1	1	2
	第二回	1	2	3	4	5	6	7	8
		2	3	1	3	2	1	3	3
	第三回	1	2	3	4	5	6	7	8
		2	3	1	1	2	1	2	3
	第四回	1	2	3	4	5	6	7	8
		3	2	2	1	2	3	1	2
	第五回	1	2	3	4	5	6	7	8
		1	3	3	1	2	1	2	1
	第六回	1	2	3	4	5	6	7	8
		1	2	2	1	3	2	1	3
	第七回	1	2	3	4	5	6	7	8
		2	1	3	2	1	1	3	3
	第八回	1	2	3	4	5	6	7	8
		2	2	1	1	2	1	2	3